Harald Schumacher

Jäger der Nacht

Die abenteuerliche Jagd einer ganz normalen Familie auf Untote

edition winterwork

Wer bin ich?

Wieder einmal wachte er auf. Im Kinderzimmer war es ruhig, auch im Haus war kein Geräusch zu hören. Alle schliefen. Er blickte aus dem Fenster zum Nachthimmel. Es war fast Vollmond. Vielleicht noch zwei oder drei Tage, dann stand der Mond in seiner vollen Pracht am Firmament. Er fragte sich, warum er in den letzten Wochen so schlecht schlafen konnte und warum er immer wieder nachts aufwachte mit Gedanken im Kopf, die er nicht einordnen konnte. Er lauschte hinaus. Aus dem Nebenzimmer hörte er die leisen, regelmäßigen Atemzüge seiner kleinen Schwester Anne. Sie war im Tiefschlaf - die Glückliche.

Er konnte sich noch genau erinnern. Wenige Tage vor seinem zehnten Geburtstag hatte es begonnen. Hier wurde er zum ersten Mal wach und konnte lange nicht mehr einschlafen. Das war jetzt auch schon fast wieder zwei Jahre her. Nun war es aber in letzter Zeit so richtig schlimm geworden. Nachts fand er keine Ruhe und morgens in der Schule war er so müde, dass er kaum die Augen aufhalten konnte. Er traute sich auch nicht, seinen Eltern von seinen wirren Gedanken, Träumen oder seiner Schlaflosigkeit zu erzählen. Sein Vater hätte dies ganz einfach mit einem Zuviel an Fernsehen abgetan, während seine Mutter, wegen ihrer Sorgen um seine Gesundheit, mit ihm zum Arzt gehen würde. Seine kleine Schwester war erst ein Jahr alt. Mit ihr konnte der fast zwölf Jahre alte Chris noch nichts besprechen. Nein, damit musste er allein klarkommen. Von seinen Mitschülern im Gymnasium konnte er sich ebenfalls keine Hilfe erhoffen. Außer Fußball, Internet und Mädchen hatten die meisten von seinen Schulkameraden ohnehin nichts im Sinn. Bisher hatte er trotz allem noch Glück gehabt. Er war nach diesen schlaflosen Nächten immer sehr früh aufgewacht, während seine Eltern noch schliefen. Warum seine Hände und Füße manchmal schmutzig waren und zum Teil zwischen den Zehen Erdkrümel und welkes Laub hingen, war ihm unerklärlich. Seinem Klassenlehrer gegenüber wollte er sich auch nicht offenbaren. Dieser konnte ihn zwar gut leiden, schließlich war er Klassenbester und das Lernen fiel ihm leicht, aber wahrscheinlich würde der Lehrer sofort den Kontakt mit seinen Eltern oder dem Schulpsychologen suchen und dies war das Letzte, was Chris wollte. Während er den Wolkenfetzen nachschaute, die rasch über den nachtschwarzen Himmel vor dem Vollmond vorbeizogen, kam ihm die Idee, dass er vielleicht mal mit seinem Onkel Matthias sprechen könnte. Zu seinem Onkel hatte er ein sehr gutes Verhältnis. Er war Polizist und sein Hobby war die Jagd. Manchmal hatte er ihn dazu auch schon mitgenommen, meistens jedoch ohne Erfolg. Ja, das könnte eine gute Idee sein, einmal mit ihm zu sprechen. Sehr viele Gedanken machte sich Chris jedoch um seine schmutzigen Hände und

Füße, mit denen er manchmal morgens aufwachte. Schnell ins Bad und die Schweinerei abwaschen, bevor die Eltern etwas bemerken, war dann die Devise. Er hatte zwar gewisse Vermutungen, weshalb er so dreckig war, wollte aber diese Gedanken lieber nicht zu Ende denken. Was ihn erstaunte war, dass ihn seine Fantasien nicht im Geringsten ängstigten. Dies war schon verwunderlich, denn normalerweise war er nicht gerade mit viel Mut gesegnet. Wenn er mit seinem Onkel auf der Jagd war, gingen sie oft in völliger Dunkelheit in den Wald. Die Geräusche im Wald, von denen er nicht wusste, wer oder was diese verursachten, machten ihm nichts aus, sondern wirkten eher faszinierend auf ihn. Seinen Onkel schien dies auch nicht zu irritieren. Unbeirrt schritt er voran, das Gewehr an der Schulter hängend, bis sie an einem Hochsitz angekommen waren, der groß genug war, dass beide bequem darauf sitzen konnten. Ja, dachte er noch einmal bei sich, den Onkel würde er fragen. Zwischenzeitlich war es weit nach Mitternacht. Chris fühlte, wie er langsam richtig müde wurde. Vielleicht würde es ihm später doch noch gelingen, eine kurze Zeit zu schlafen. Trotz aller Müdigkeit stand er auf und sah aus dem Fenster die Straße hinunter. Kein einziges Licht war in den Nachbarhäusern des kleinen Dorfes am Fluss zu sehen. Alle schliefen noch tief und fest, bevor sie am Morgen wieder zur Schule oder zur Arbeit gehen mussten. Sein Blick glitt zu den

Zehen. Er bewegte sie kurz und war sich sicher, dass zumindest in dieser Nacht kein Dreck dran kam. Müde legte er sich zurück in sein Bett, nicht ohne nochmals den beinahe vollen Mond zu betrachten. Vielleicht war er mondsüchtig oder Nachtwandler, von beidem hatte er schon einmal gelesen. Dies wäre wenigstens eine halbwegs brauchbare Erklärung, aber so wirklich glaubte er das nicht. Mit dem Gedanken daran, dass ganz bestimmt etwas viel Tiefgründigeres die Ursache für seine wirren Träume und Gedanken sein muss, fiel er in einen unruhigen Schlaf.

Eine erschreckende Offenbarung

Der Tag nach dieser unruhigen Nacht plätscherte, wie viele andere Tage auch, träge vor sich hin. Nachdem er aufgestanden war, übermannte ihn die Müdigkeit wie Blei. Während der anschließenden Fahrt mit dem Schulbus nickte er, trotz des Getöses seiner Mitschüler, immer wieder ein. Das konnte heute ja heiter werden, dachte er sich. Der Schulunterricht begann mit Mathematik, nicht gerade sein Lieblingsfach. Trotzdem gingen die zwei Stunden auch vorbei. Mit Deutsch und Englisch hatte er danach weniger Probleme. Der Schultag zog sich scheinbar unendlich lange dahin. Nachmittags daheim angekommen, waren die Hausaufgaben auch irgendwann erledigt und Chris nutzte die Zeit bis zum Abendessen, um noch mit seiner kleinen Schwester zu spielen. Die kleine Anne liebte ihren großen Bruder abgöttisch und das Gelächter der beiden drang vom Kinderzimmer durch das ganze Haus. Die innere Verbundenheit der beiden war schon erstaunlich. Meist spürte der andere ganz genau, wenn es einem nicht so gut ging. Das gemeinsame Abendbrot mit ihrer Mutter verlief in aller Ruhe. Der Vater hatte Nachtschicht und würde noch bis zum nächsten Morgen bei der Arbeit sein. Nachdem Chris seiner Mutter geholfen hatte, den Tisch abzuräumen und die Küche wieder auf Vordermann zu bringen, setzte er sich noch etwas vor den Fernseher. Bis etwa 20.00 Uhr durfte er vor der Glotze hocken, mehr ließ die Mama nicht zu. Sobald er im Bett lag, würde er bestimmt, trotz seiner Müdigkeit, noch ein bis zwei Stunden lesen. Er hatte das unbestimmte Gefühl, dass die heutige Nacht etwas ganz Besonderes werden würde. Woher diese Vorahnung kam, war ihm unklar. Gegen 22.00 Uhr sah seine Mutter zu ihm ins Zimmer herein und forderte ihn auf, das Buch wegzulegen und zu schlafen. Das Buch erzählte die verworrene Geschichte eines Jungen, welcher bei einer Wanderung mit seiner Schulklasse verlorenging und sich allein durch einen riesigen Wald schlagen musste. Kein literarisches Highlight, dachte sich Chris und legte das Buch weg. Es war längst dunkel, als er in einen unruhigen Schlaf fiel. In einer Art Dämmerzustand kam ihm im Traum der Gedanke, dass er seine Mutter unbedingt bitten sollte, das Bett mal wieder zu reinigen. Das unangenehme Kratzen an seinen Zehen wollte gar nicht mehr aufhören. Jetzt reicht´s, dachte er sich und zog ruckartig die Decke von sich. Gleichzeitig fiel er aus dem Bett und saß…….mitten im Wald auf einem Weg. Mit einem Mal wurde ihm auch das Kratzen an seinen Zehen klar, denn dort hatten sich zahlreiche Blätter und kleine Zweige festgesetzt. Wie Schuppen fiel es ihm von den Augen. Die schmutzigen Füße an so manchem Morgen, seine Müdigkeit, als ob er überhaupt nicht geschlafen hätte, die innere Unruhe während der Phase der Vollmondwoche, all das ergab plötzlich einen Sinn. Er musste wohl in manchen

Nächten schlafwandlerisch aufgestanden sein und unbemerkt das Haus verlassen haben. Warum er jedoch mitten im Wald war, wusste er nicht. Angst hatte er keine, sondern fühlte sich stark und unbesiegbar. Scheinbar schwerelos rannte er den Weg entlang in die Richtung, wo zu vermuten war, dass dort der Ausgang lag. Natürlich war ihm bewusst, dass er schnellstens nach Hause musste. Wenn seine Mutter zufällig ins Zimmer schauen sollte und sein Fehlen bemerken würde, wäre ein hysterischer Anfall ihrerseits das Wenigste, was er zu befürchten hatte. Seine Füße schienen das welke Laub auf dem Weg kaum zu berühren, so rasch rannte er auf dem Waldweg. Plötzlich hörte Chris ein lautes Knacken. Offenbar hatte etwas einen dürren

Zweig zertreten. Vielleicht nur ein Reh oder ein Wildschwein. Der Wind jagte schwarze Wolkenfetzen über den Himmel, während der Vollmond bizarre Schatten warf und hinter jedem Baum eine Gestalt zu stehen schien. So langsam machte sich doch etwas wie Unbehagen in ihm breit. Erneut hörte er zweimal ein lautes Knacken, ganz in seiner Nähe. Er blieb stehen und lauschte in die Dunkelheit. Okay, das soll mir für heute Nacht genügen, dachte sich Chris und wollte gerade wieder losrennen, als er direkt neben sich ein Geräusch hörte und gleichzeitig eine schwere Hand auf der Schulter spürte. Jetzt erschrak Chris heftig. Beinahe blieb sein Herz stehen. Erleichtert erkannte er, dass die Hand seinem Onkel Matthias gehörte. Dieser war allem Anschein nach auf der Jagd, denn er hatte sein Gewehr schussbereit in der anderen Hand. Auch den Revolver an Onkel´s Hüfte erkannte Chris schnell. Das große Donnerwetter blieb aus, statt dessen hörte er seinen Verwandten nur sagen: „Auf diesen Zeitpunkt habe ich schon lange gewartet. Irgendwann musste es ja so kommen“. Chris war verwirrt, folgte ihm jedoch, ohne weitere Fragen zu stellen, weiter in den Wald hinein. An einer Jagdhütte machten sie halt. Drinnen brannte ein Feuer im Ofen und es war herrlich warm. Offenbar hatte es sich Matthias hier schon vor Stunden gemütlich gemacht. Es gab auch etwas zu trinken. Durstig machte sich Chris über die Limonade her, die ihm Matthias gab. Er spürte, dass er nichts zu fragen brauchte, sein Onkel würde ihm heute Nacht wohl einiges erzählen. So war es dann auch. Das Gehörte war ungeheuerlich, unglaublich und erschreckend zugleich.

Er, der ganz normal mit anderen Kindern in die Schule ging, war kein Menschenkind. Überhaupt gehörte seine ganze nähere Verwandtschaft nicht zu der Gattung Mensch. Vielmehr sei er ein Halb-Vampir, klärte ihn der Onkel auf. Seine Mutter sei eine Hexe aus einem uralten Hexengeschlecht und sein Vater ein reinblütiger Vampir. Als die beiden sich vor vielen Jahren kennenlernten, war von dieser Verbindung niemand begeistert, denn sowohl die Hexen- als auch die Vampirfamilien achteten stets auf makellose Paarungen. Wie seine Schwester, also Chris` Mutter Elvira, so sei auch er selbst ein Mitglied der Hexenfamilie, eben ein richtiger Magier, klärte ihn sein Onkel auf. „Und du“, sagte er in leisem Ton zu seinem Neffen, „du hast von beiden Familien etwas abbekommen, etwas, das du jetzt erst kennen und beherrschen lernen musst“. Die ganze Nacht erzählte ihm Matthias, was er mit seinen Fähigkeiten alles tun könne. Seine Berufung sei es, in jeder Vollmondphase auf Tour zu gehen, um nachts Zombies zu jagen. Zombies sind Untote, grausame und schreckliche Wesen in einer Art Zwischenwelt von Leben und Tod, die es auf das Leben von Menschen abgesehen haben. Viele vermeintliche Unfälle, bei denen Menschen getötet wurden, so ließ ihn der Onkel wissen, gingen auf das Konto dieser Scheusale zurück, z.B. der Autofahrer, welcher gegen einen Baum fuhr und dabei tödliche Verletzungen erlitten hatte, war sicherlich durch einen Zombie abgelenkt worden. Solche Beispiele gab es zuhauf. Die Menschheit von diesen Kreaturen, die weder ganz tot noch wirklich lebendig waren, zu befreien, das sei ab sofort seine Bestimmung.

Um unauffälliger zwischen den Menschen leben zu können, so erklärte der Onkel seinem fassungslosen Neffen weiter, hätten sein Vater Erik und seine Mutter Elvira sowie fast alle anderen aus der Verwandtschaft dem Vampirismus und der Hexerei vor vielen Jahren abgeschworen.

Nach und nach haben so fast alle Mitglieder beider Familien ihre magischen Fähigkeiten verloren. Er aber, Chris das Schulkind, sei gewissermaßen als reinkarnierter Zombie-Jäger geboren worden. Es war nur eine Frage der Zeit gewesen, bis seine Fähigkeiten und Neigungen voll zum Ausbruch kamen. Sein Onkel zeigte und offenbarte ihm jedoch noch viel mehr. Er selbst hatte mit der Jagd auf Untote nie ganz aufgehört. Zwar wollte auch er von schwarzer Magie nichts mehr wissen, stellte aber seine besonderen Jagdinstinkte in den Dienst der Menschheit. Natürlich ging er in der Dunkelheit auf die Pirsch, nur jagte er in den Vollmondnächten eben keine Wildschweine, sondern Zombies. Sein Gewehr und sein Revolver waren mit versilberten Kugeln geladen, die im rumänischen Transsilvanien hergestellt wurden und die er direkt von dort bezog. Diese Patronen machten jedem dieser Bestien sicher den Garaus. Ohne die richtige Munition und einem gezielten Schuss in den Kopf seien diese Kreaturen nicht zu töten, klärte er Chris auf. Schon oft, so erzählte der Onkel seinem nervös zuhörenden Neffen, war er nach einem schlecht platzierten Schuss nur mit viel Mühe den Attacken des wütenden Untoten entgangen. Eine andere Möglichkeit, ein solches Scheusal ins Jenseits zu befördern, war, ihm den Kopf von den Schultern zu trennen. Als er dann noch erwähnte, dass in jeder Vollmondwoche, hier in der Gegend weit über einhundert Zombies unterwegs seien, wurde es dem Kleinen doch recht bange. „Aber Onkel, mit was soll ich denn jagen? Für ein Gewehr bin ich bestimmt noch zu klein, außerdem wären meine Eltern darüber gar nicht erfreut“, vermutete er richtig. „Dafür habe ich eine Lösung“, entgegnete sein Onkel. Er ging zu einer Truhe im hintersten Winkel der Jagdhütte, öffnete sie und nahm drei Dinge heraus. Dies waren eine stabile Schleuder mit starken Gummischläuchen, ein Säckchen mit Glaskugeln und die spitze Stange eines Rehgehörnes. „Für eine richtige Schusswaffe bist du noch zu jung“, meinte der Onkel verständnisvoll, „aber diese drei Dinge hier, sind wie für dich geschaffen und bei richtiger Anwendung mindestens genauso effektiv wie ein Gewehr“. Die Durchschlagskraft der Schleuder in Verbindung mit den Glaskugeln sei enorm, erklärte er ihm weiter. Das einzige was er zu tun habe, sei, die Handhabung und die Zielsicherheit zu trainieren. Zusätzlich müssten noch die Glaskugeln zur Zombie-Jagdmunition umpräpariert werden, indem das ganze Säckchen in Weihwasser getaucht und danach sorgfältig zum Trocknen ausgelegt wird. Die Rehgehörnspitze als dritte Waffe war nur für den Nahkampf im Notfall gedacht. Grundsätzlich sollte kein Gegner so nahe an seinen Jäger herankommen, dass diese Waffe eingesetzt werden müsste, aber es könnte ja doch einmal sein. Die Hornspitze, so erzählte Matthias weiter, habe er auf seiner letzten Jagdreise in Rumänien für viel Geld einem alten Bauern in den Karpaten abgekauft. Dessen Urgroßvater, so besagte die Legende, soll diese Spitze schon vor langer Zeit eigenhändig einem berühmten transsilvanischen Vampir ins Herz gerammt haben. Seit jener Zeit wurde diese Waffe aus Horn, die durch das Herzblut des getöteten Vampirs magische Kräfte erlangt hatte, stets vom Vater an den Sohn weitergegeben. Der alte Bauer hatte selbst keine Kinder, sodass er dem Drängen des Onkels nachgab und ihm für eine erhebliche Geldsumme die Waffe verkaufte. Die Nacht verging für Chris wie im Flug. Die Geschichten von Matthias hatten es aber auch echt in sich.

Als der Morgen graute, brachte ihn sein Onkel zurück nach Haus, wo er sich leise in sein Zimmer schlich, um wenigstens noch eine Stunde zu schlafen, ehe er wieder in die Schule musste. Bevor er ins Bett ging, reinigte er noch sehr sorgfältig seine Füße vom Schmutz und Dreck des Waldes, damit Mutter Elvira auch ja nichts bemerke. Den Hinweis seines Onkels, die Erlebnisse der Nacht wenigstens noch einige Zeit für sich zu behalten und nichts den Eltern zu erzählen, um diese nicht unnötig zu beunruhigen, wollte er beherzigen. Die nächsten Tage verliefen ereignislos. Es war abnehmender Mond, sodass Chris wenigstens gut schlafen konnte.

Die erste Jagd

Nach und nach akzeptierte Chris, dass er nun zum Zombie-Jäger berufen war. Er spürte, dass er sich besser fühlen würde, wenn er sich nicht mehr länger gegen sein Naturell stellte. Mit seiner geschenkten Schleuder trainierte er wie besessen. Problematisch war eine Situation in der Kirche. Als er das Säckchen mit den Glaskugeln in den Weihwasserbehälter hängte, erschien plötzlich der Pfarrer und fragte: „Was machst du hier?“. Da Chris nur äußerst selten um eine Ausrede verlegen war, erzählte er dem Kirchenmann, er habe sich zu Hause die Hand verbrannt und sie nur abkühlen wollen. Der Pfarrer meinte zwar, dass dies nicht Sinn und Zweck des Weihwassers sei, ließ es damit aber auch auf sich beruhen. Mit dem Hinweis, er solle keinen Blödsinn machen, ging er weg, um etwas in der Sakristei zu erledigen. Chris nahm das Glaskugelsäckchen aus dem Weihwasserbehälter heraus und lief nach Hause. Im entlegensten Winkel des Gartens, geschützt vor den Blicken der Eltern, legte er die weihwassernassen Kugeln vorsichtig auf ein Brett und ließ sie in der Sonne trocknen. Sorgfältig wendete er sie mehrfach, bis das Wasser vollständig verdunstet war. In der Sonne betrachtet, waren die Wasserränder auf dem Glas deutlich zu erkennen.

Die täglichen Hausaufgaben brachte Chris in der nächsten Zeit schnell hinter sich. Danach übte er mehrere Stunden im Garten mit seiner Schleuder. Waren seine aufgestellten Zieldarstellungen zunächst noch recht groß, so konnte er nach wenigen Tagen auf eine Entfernung von bis zu zwanzig Metern ein Würfelzuckerstückchen treffen. Seiner Mutter gefiel dieses Verhalten gar nicht, denn sie hatte für solche Dinge keinen Sinn und zugleich eine böse Vorahnung. Sein Vater Erik hatte mehr Verständnis. Er fand es toll, dass sein Sohn einen solchen Ehrgeiz entwickelte und diese erstaunlichen Leistungen erzielte. Nach zwei Wochen Training war er in der Handhabung der Schleuder perfekt. Kein gezielter Schuss ging daneben. Lediglich bei starkem Wind musste er die entsprechende Richtung und –stärke mit einkalkulieren, damit die Glaskugel ihr Ziel fand. Mit dem Wissen um sein Können, glaubte er den künftigen Ereignissen mit Gelassenheit entgegensehen zu können.

Eines Nachts klopfte es während der Vollmondphase an das Fenster seines Kinderzimmers. Er war ohnehin wieder einmal wach. Sein Onkel stand draußen und wies ihn an, sich anzuziehen, zu bewaffnen und mitzukommen. Darauf hatte er seit langem gewartet. Rasch machte er sich fertig und schlich unbemerkt aus dem Haus. Gemeinsam gingen sie hinunter zum Fluss. Nebelschwaden hingen über dem Wasser und bildeten bizarre Formen. Der leichte Wind trieb kleine Wolkenfetzen über den Nachtschwarzen Himmel. Die Gegend um das Flussufer sei ein gutes Jagdrevier, erklärte ihm der Onkel. Problematisch seien nur die Spaziergänger, welche oft noch in der Nacht unterwegs waren und sich keine Gedanken um etwaige Gefahren machten. Nur schießen, wenn sicher ist, dass es sich um keine Menschen handelt, hämmerte er ihm immer wieder ein. Plötzlich sahen sie in weiterer Entfernung im dichten Nebel eine kurze Bewegung. „Da vorn ist einer“, flüsterte Matthias leise. „Auf, schnell, vielleicht kriegen wir ihn“, raunte Chris ihm zu. Geduckt pirschten sich beide vorsichtig in die Richtung, in welchem das Schattenwesen zu sehen gewesen war. Es roch faulig und stinkend nach verwesendem Fleisch. „Riechst du ihn schon?“, fragte der Onkel, aber diese Frage war völlig überflüssig, denn es stank ganz erbärmlich. Ein untrügliches Zeichen dafür, dass sie schon sehr nahe dran sein mussten. „Los, mach dich fertig, du hast den ersten Schuss mit der Schleuder“, ermunterte er Chris, der schon ganz aufgeregt war. Das Jagdfieber hatte ihn voll erwischt und schüttelte ihn heftig. „Sobald sich der Nebel etwas lichtet und du ihn siehst, zielst du und schießt ihm die Kugel in den Kopf“, meinte sein Onkel, nur scheinbar noch recht gelassen. Obwohl er schon viele dieser Wesen erlegt hatte, war auch er mittlerweile vom Jagdfieber gepackt worden und somit ziemlich nervös. Eine Windböe riss mit einem Mal die Nebelwand auseinander und da stand „Er“. Eine grauenhafte Gestalt! Eine richtige Bestie! Ein fürchterliches Wesen! Die Fleischfetzen hingen ihm vom Gesicht, ein Auge fehlte und seine Kleidung bestand nur noch aus Lumpen. Das Mondlicht leuchtete direkt in seinen Mund, in dem nur noch wenige, faulende Zahnstümpfe waren, dafür jedoch Maden und allerlei anderes Gewürm. Der Wind wehte direkt in ihre Richtung und trug ihnen einen bestialischen Gestank zu. „Mach schnell, sonst ist er weg“, flüsterte ihm sein Onkel zu. Rasch war die Schleuder mit einer Glaskugel geladen, die Gummis gespannt und das Ziel anvisiert. Doch es gab ein Problem. Während seines Trainings hatte Chris immer nur bei Tageslicht geübt, jedoch nie bei Nacht. Dieser Lapsus rächte sich jetzt. Der Hintergrund des

Ziels war schwarz. Nur schemenhaft waren die Umrisse des Kopfes zu erkennen und so kam es, wie es kommen musste. Die Kugel traf nicht den Schädel des Zombies, sondern nur die Schulter. Mit einem Zischen bohrte sich das Geschoss in das verwesende Fleisch des Untoten, der den Treffer mit lautem Geheul quittierte und sofort im Nebel verschwand. „Zumindest für heute Nacht hat der genug", meinte sein Onkel. „Das kann passieren, du musst nur aufpassen, dass keiner von denen zurückkommt und auf dich losgeht", warnte er den Kleinen. „Das nächste Mal passt es bestimmt und du triffst das Stinktier direkt zwischen die Augen", ermunterte er Chris, der sich wegen des Fehlschusses Vorwürfe machte.

Doch die kommenden Vollmondnächte, in denen sie unterwegs waren, brachten keinen weiteren Erfolg. Zwar sahen sie fast jedes Mal Untote durch die Gegend eilen, aber an einen sicheren Schuss war nicht zu denken. In den nächsten Monaten hatte der Onkel während der Vollmondphasen häufig Nachtdienst, sodass keine gemeinsame Jagd zustande kam.

In einer besonders stürmischen Nacht konnte Chris wieder einmal nicht schlafen und er betrachtete den Mond. Ohne weiter darüber nachzudenken, stand er auf, zog sich an, nahm Schleuder, Kugeln und die Rehhornspitze an sich und machte sich auf den Weg zum Friedhof. Hier versprach er sich am ehesten einen schnellen Jagderfolg. So ganz leicht überfiel ihn schon etwas das Grauen, als er sich den Gräbern näherte. Wolkenfetzen fegten unruhig über den Nachthimmel und bildeten bisweilen bizarr-groteske Fratzengesichter. Plötzlich nahm er im hintersten Winkel des Friedhofes, bei den ganz alten Gräbern mit den großen Grabsteinen, eine schemenhafte Bewegung wahr. Angestrengt versuchten seine Augen die Dunkelheit zu durchdringen. Da war er wieder, dieser Schatten direkt zwischen den beiden größten Grabsteinen. Leise nahm er seine Schleuder und legte sorgsam eine Glaskugel auf den dafür vorgesehenen Lederfleck. Die Entfernung war günstig, jetzt nur noch genau zielen, dann müsste der Schuss sitzen. Mit einem Mal machte eine dunkle Wolke dem Mond Platz und dessen Licht fiel fahl auf den Friedhof. Die Bewegungen rechts und links neben ihm waren nur allzu deutlich. Mit Schrecken erkannte Chris, dass er es nicht mit einem, sondern gleich mit drei Untoten zu tun hatte. Aus dem Jäger wurde augenblicklich der Gejagte, denn die drei Wesen hatten es eindeutig auf ihn abgesehen. Fauler Atem wehte ihm direkt ins Gesicht, sodass er zu würgen begann. Immer näher kamen die Bestien heran. An einen Schuss mit der Schleuder war nicht mehr zu denken, statt dessen war sofortiger Rückzug angesagt. So schnell Chris laufen konnte, rannte er aus dem Friedhof in Richtung seines Zuhauses. Dicht hinter sich hörte er die wuchtigen Schritte der

Untoten dumpf auf dem Asphalt dröhnen. Trotz ihrer Schwerfälligkeit waren die Wesen erstaunlich schnell zu Fuß. Der Abstand verringerte sich immer mehr. Mit einem Schlag wurde Chris bewusst, dass er es vermutlich nicht mehr schaffen würde, rechtzeitig in den Schutz seines Elternhauses zu gelangen. Er wollte gar nicht darüber nachdenken, was die stinkenden Scheusale mit ihm anstellen würden, bevor sie ihn zweifellos töteten. An der letzten Kreuzung hätten sie ihn beinahe erwischt, nur ein beherzter Sprung in einen Garten verschaffte ihm etwas Vorsprung. Jetzt aber waren alle drei Zombies direkt hinter ihm. Es musste nur noch einer die Hand nach ihm ausstrecken, dann war er verloren. Schweißgebadet registrierte er noch, wie scheinbar aus dem Nichts, eine Schattengestalt auftauchte und mit einem Satz zwischen ihn und seine Verfolger sprang. Als er sich umdrehte sah er, wie die Erscheinung mit einer raschen Armbewegung ein glänzendes Schwert durch die Luft hieb und dabei dem ersten Zombie den Kopf von den Schultern trennte. Obwohl der zweite erkannte, dass er gegen den Schwertträger chancenlos war, griff er an. Die schnelle Reaktion war kaum wahrnehmbar. Der Stahl der blanken Klinge drang mühelos seitlich in den Hals ein und der Zombiekopf fiel zu Boden. Noch bevor dieser auf der Straße aufschlug, hatte ihn der Unbekannte mit dem Fuß aufgefangen und ließ ihn leicht wie einen Ball auf dem Fußrist auf- und niedertänzeln. „Na,

Lust auf eine Runde Baseball?“, fragte da eine sehr vertraute Stimme, um noch im selben Augenblick den Kopf auf Brusthöhe hoch zu kicken. Gleichzeitig schlug sein Retter mit der Breitseite der Schwertklinge, wie mit einem Baseballschläger, seitlich gegen den Schädel, sodass dieser in hohem Bogen davon flog. Noch im Steigflug begann das Zombiehaupt zu glühen, um kurz darauf zu zerplatzen. Lediglich kleine Asche- und Rußteilchen rieselten herab und wurden gleich von dem stürmischen Nachtwind davongetragen. „Achtung, lass den dritten nicht entkommen“, rief die Gestalt Chris zu. Der letzte Zombie suchte sein Heil in der Flucht. Für den Einsatz des Schwertes war er schon zu weit entfernt, aber für einen Schuss sollte es noch reichen. Sorgfältig zielte Chris und ließ der geweihten Glaskugel ihren Lauf. Mit einem hässlichen Knirschen durchschlug diese den Hinterkopf des flüchtenden Ungeheuers und drang in das faulende Gehirn ein. Dort entfaltete das Geschoss seine vernichtende Wirkung. Auch dieses Monster begann, wie die beiden anderen auch schon, nach wenigen Momenten zu glühen und zerfiel. Zurück blieb nichts, außer etwas Staub. Die Gefahr war gebannt, die Untoten waren nun wirklich tot. „Alle Achtung Papa, das hast du toll gemacht“, rief Chris der Gestalt zu. Natürlich hatte er seinen Vater an der Stimme erkannt. Stolz kam dieser auf seinen Sohn zu und legte ihm anerkennend die Hand auf die Schulter. „Das war ein richtig guter Schuss, mit dem du den Stinker erledigt hast“, lobte er ihn. „Allerdings muss ich dich auch ermahnen, zukünftig etwas vorsichtiger zu sein. Mit gleich drei von denen den Kampf zu suchen, erscheint mir doch sehr verwegen“, tadelte der Vater ein wenig, jedoch mit einem solchen Unterton in der Stimme, der deutlich machte, dass er mächtig stolz auf seinen Sohn war. Gemeinsam machten sie sich auf den Nachhauseweg. Dort erwartete sie bereits der nächste Kampf. Nicht etwa gegen Untote oder andere Wesen der Nacht, nein, sondern mit der Mutter, welche alles nur allzu deutlich vom Fenster zur Straße hinaus beobachtet hatte. „Alle beide…duschen und ab ins Bett“, fauchte sie böse. „Und seid bloß leise, dass die Kleine nicht aufwacht, über den Rest reden wir morgen früh". „Okay", sagten Chris und sein Vater, wie aus einem Mund. Beide duschten sich den Schweiß vom Körper und fielen danach todmüde ins Bett. Für heute Nacht war wirklich genug geschehen.

Familienjagd

Am Morgen des folgenden Tages begann das Wochenende. Schulfrei! Wer jedoch glaubt, dass an diesem Tag, nach turbulenter Nacht, ein langes Ausschlafen angesagt war, der irrte gewaltig. Schon vor sieben Uhr fegte die Mutter durch das Haus und weckte alle auf. Sie war, wie der Engländer so schön sagt, „not very amused“. Eher das Gegenteil war der Fall. Die Bezeichnung „ein bisschen sauer“, wäre leicht untertrieben gewesen. Das gemeinsame Frühstück verlief in überaus frostiger Atmosphäre. Die kleine Anne bekam von alledem nichts mit, denn sie schlief noch selig. Als jeder am Tisch sein Frühstücksbrötchen gegessen hatte, holte die Mutter laut Luft und wollte gerade ansetzen, ihrer Wut über das in der vergangenen Nacht Miterlebte freien Lauf zu lassen. „Ganz ruhig und cool down“, fiel ihr Erik ins Wort. „Was hätte ich denn tun sollen?“. Danach erfolgte seinerseits ein langer Monolog. Dass niemand etwas für seine Bestimmung kann, dass er die Problematik schon vor längerer Zeit mit ihrem Bruder Matthias, also Chris´ Onkel, besprochen habe, und dass sie selbst früher als Hexe auch nicht viel besser gewesen sei, und, und, und. Die Wut der Mutter war nach den vielen Worten ihres Mannes zusehends verraucht. Man hätte fast glauben können, dass sich so etwas wie Verständnis bei ihr breit machte. Jedenfalls, und davon ließ sie sich nicht abbringen, wollte sie nicht, dass ihr Sohn nachts allein unterwegs war, um auf Friedhöfen irgendwelche Dämonen zu jagen. Allesamt, mit Ausnahme der schlafenden Anne, kamen sie überein, sich zukünftig gemeinsam in den Dienst der Menschen zu stellen und Untote zu bekämpfen. An diese Zusage einer gemeinsamen Jagd war jedoch eine Bedingung geknüpft. Nicht länger als ein Jahr solle die Sache andauern, jedenfalls längstens bis zu dem Zeitpunkt, an dem die kleine Anne richtig laufen und sprechen könne. Ab diesem Moment sollten alle wieder ein „normales" Leben führen. Nur widerwillig stimmten Vater und Sohn den Bedingungen der Mutter zu, aber beide wussten, dass sie in manchen Dingen keine weitere Diskussion zuließ. Insgesamt war die Mutter über die entstandene Situation nur wenig glücklich, respektierte jedoch den Wunsch ihrer beiden „Männer".

Als vordringlichstes Ziel definierten sie, dass sie sich ihrer alten Fähigkeiten und Kenntnisse rückbesinnen sollten, um so effektiver und möglichst gefahrenfrei ihren zukünftigen Aktivitäten nachgehen zu können.

Die nächsten Tage waren für alle zum Teil sehr lustig, zum Teil aber auch sehr anstrengend. Am schwierigsten hatte es die Mutter, denn sie wollte lernen, wieder auf dem Besen zu reiten und ihre alten Hexensprüche erneut auswendig zu beherrschen. Während die Zaubersprüche ganz gut zu lernen waren, war das mit dem Besen so eine Sache. Aus der hintersten Ecke des

Speichers kramte sie ein altes, staubiges Ding hervor, das eine entfernte Ähnlichkeit mit einem mittelalterlichen Reisigbesen hatte. Der Stiel war relativ lang und dick und schien aus einem besonders stabilen Holzstock gemacht worden zu sein. Auffällig war, dass der Stecken sehr glatt war. Ganz offensichtlich war er bei zahlreichen Einsätzen von den Handflächen und den Fingern der Mutter blank gerieben worden. Eingeschnitzte Runen und Hexensymbole verliehen dem Besen eine besonders geheimnisvolle Aura.

Beim ersten Versuch, auf dem Besen zu reiten, versuchte Elvira kurz vor Mitternacht, also gegen 24.°° Uhr –schließlich sollten ja die Nachbarn nichts mitbekommen- sich mitten im Garten rittlings auf den Besenstiel zu setzen. Der erste Probelauf war schnell erledigt. Obwohl der gemurmelte Zauberspruch richtig war, fehlte es doch an der nötigen Übung. Der Besen bockte kurz wie ein scheuendes Pferd und warf die Mutter in hohem Bogen ab, die ihrerseits Kopf voran im vollen Wasserfass landete. Prustend und klatschnass kroch sie aus dem Fass heraus. Für heute hatte sie die Nase gestrichen voll. Das sollte sie aber nicht daran hindern, in den folgenden Nächten erneut ihre Reitkünste zu versuchen. Im Wasserfass landete sie zwar nicht mehr, dafür zeugten umgeknickte Zweige in allen Hecken und Sträuchern der Nachbargärten von den vielen vergeblichen Versuchen, auf dem Besen zu reiten.

In der nächsten Neumondnacht gelang ihr endlich das Kunststück. Steil erhob sich der Besen in die Luft und die Mutter auf dem Stiel klammerte sich entschlossen fest. Hoch oben war alles um vieles einfacher. Hier gab es keine Hecken, Sträucher oder Wasserfässer, in die man hätte hineinfallen können. Nur einmal wäre sie beinahe abgestürzt, als sie in rasantem Flug mit einer Fledermaus zusammenstieß. Glücklicherweise nahm das überraschte Tier beim Aufprall auf ihrer Brust keinen weiteren Schaden und konnte irritiert, jedoch gesund, seinen Flug fortsetzen. Der Hexenmutter blieb durch den Aufprall förmlich die Luft weg, sodass sie all ihre fliegerischen Fähigkeiten aufbieten musste, um nicht vom Besenstiel zu fallen. Die gesamte

Nacht über übte sich die Mutter im Reiten ihres alten Hexenbesens. Immer waghalsiger und tollkühner wurden ihre Flug- und Wendemanöver. Als der Morgen graute und sie auf den noch dunklen Straßen die ersten Menschen sah, die bereits zur Arbeit gingen, wusste sie, dass es Zeit war, Schluss zu machen. Mit einem eleganten Schwung schraubte sie sich auf ihrem Besen zwischen den Dächern der Häuser hinab in ihren Garten. Niemand hatte sie bei ihrem nächtlichen Training bemerkt. Sie war sich sicher, ihren Besen wieder perfekt zu beherrschen, sodass sie bei allen künftigen Zombie-Jagden ihren Mann und ihren Sohn wirkungsvoll unterstützen konnte. Erik unterdessen schienen alle Übungen mit seinem Kampfschwert erheblich leichter zu fallen. Er hatte nie so ganz mit seinen magischen Fähigkeiten gebrochen. Obwohl er, als reinblütiger Vampir, sich früher vor jeder Art des Sonnenlichtes hatte hüten müssen, machte ihm das Tageslicht seit vielen Jahren nichts mehr aus. Er hatte sich daran gewöhnt. Schuld war seine Frau, denn die war ihrerseits sehr gerne in der Sonne. Um ihr auch bei Tageslicht nahe sein zu können, war er mehr und mehr vom Vampirdasein abgerückt und hatte viele menschliche Züge angenommen. Was er in diesem Zusammenhang dabei völlig verlernt hatte war die Fähigkeit, sich in eine Fledermaus zu verwandeln und zu fliegen. Diese alte Kunst war ein für allemal verlorengegangen. Das war der Tribut, für das Leben im Sonnenlicht.

Was er aber gar nicht verlernt hatte, war der Umgang mit seinem Schwert. Dass er damit noch ziemlich gut hantieren konnte, hatte er in jener Nacht gezeigt, in welcher er zwei Zombies köpfte. Das Schwert war ebenso wie Mutters Hexenbesen auf dem Dachboden versteckt gewesen. Es handelte sich um eine ganz besonders kostbare Waffe. Ursprünglich hatte sie einem längst verstorbenen Verwandten gehört. Die Waffe war vor mehreren hundert Jahren von einem Schmied in den Karpaten hergestellt worden. Die Klinge war zweigeteilt und konnte mit einem Schnappverschluss arretiert werden. Die Parierstange wurde vom Griffende her aufgeschoben und mit einem kugelförmigen Verschluss verschraubt. Die beidseitig geschliffene Schneide war rasierklingenscharf und beim Zustechen drang die Spitze wie „in Butter“ ein. Der besonders gehärtete Klingenstahl war flexibel und ließ sich leicht nachschärfen. Der Vater trainierte mit seiner Waffe in einem leergeräumten Kellerraum, welcher nach wenigen Stunden recht malträtiert aussah. An den Wänden, der Decke und auf dem Boden war der Putz abgeplatzt, überall dort, wo die Schwertspitze das Mauerwerk berührt hatte. Bereits nach wenigen Trainingstagen war er wieder ein wahrer Meister des Schwertkampfes.

Chris nutzte ebenfalls die Zeit und übte fleißig mit seiner Schleuder. Auch das Zielen in der

Dunkelheit probierte er eifrig. Schließlich schoss er auch bei schlechtesten Lichtverhältnissen seine Glaskugeln Loch in Loch auf die aufgestellte Zielscheibe. Der Sommer war zwischenzeitlich vorbei und die Herbststürme fegten über das Land. Als die erste Vollmondwoche im Oktober unmittelbar bevorstand, ergriff eines Abends der Vater das Wort. Er war der Meinung, dass die Zeit für eine erste gemeinsame Familienjagd gekommen war. Chris jubelte, hatte er darauf doch schon so lange gewartet. Die Mutter ihrerseits äußerte Bedenken dahingehend, ob sie denn wirklich alle schon so weit mit ihren Fähigkeiten seien. Der Euphorie ihrer beiden „Männer“ konnte sie jedoch nur wenig entgegensetzen. „Warum sollen wir ewig weitertrainieren?“, fragte Chris seine Mum. Er wollte den hässlichen Zombies den Garaus machen. Sein Vater unterstützte seine Worte, sodass man übereinkam, in der nächsten Nacht die erste Jagd zu wagen.

Der folgende Tag in der Schule zog sich für Chris träge dahin. Immer wieder mahnten die Lehrer seine Unkonzentriertheit an, allerdings vergebens. Viel zu sehr waren seine Gedanken bereits bei der kommenden Nacht, in welcher er mit seinen Eltern auf Zombie-Jagd gehen durfte.

Endlich wurde es dunkel. Beim gemeinsamen Abendessen brachte Chris vor Aufregung fast keinen Bissen hinunter, so aufgeregt war er.

Schon am Nachmittag hatte er seine Jagdutensilien zurechtgelegt. Neben seiner Schleuder und der Hornspitze, die er bisher noch nie eingesetzt hatte, wollte er noch zwanzig Schuss Glaskugelmunition mitnehmen. Er wusste zwar, dass dies viel zu viel war, aber man konnte ja nie wissen. Auch wenn es die beiden nicht zugaben, so waren Vater Erik und Mutter Elvira mindestens genauso nervös wie ihr Sohn. Noch war Chris nicht so recht klar, wie sich seine Mutter aktiv an der Jagd beteiligen wollte, denn sie führte keinerlei Waffen und mit ihrem Besen würde sie die blutrünstigen Zombies kaum beeindrucken können. Aber er wollte nicht nachfragen und sich statt dessen überraschen lassen. Als es Zeit wurde, Anne ins Bett zu bringen, zeterte die Kleine ganz fürchterlich. Es schien fast so, als würde sie spüren, dass heute Nacht etwas ganz besonderes stattfinden sollte. Mit jeder Minute wurde sie jedoch schläfriger und schlummerte ein.

Unterdessen hatte der Vater seinen Sohn zur Seite genommen und ihm ein altes Buch gezeigt. Es handelte sich um sein eigenes Tagebuch, in welchem er alle erlegten Zombies mit Datum und Uhrzeit akribisch aufgelistet hatte. Noch waren zahlreiche Seiten leer. Er, Chris, sollte dieses Buch weiterführen und alle zukünftigen Jagden darin notieren. Er war sprachlos ob der Ehre, die ihm sein Vater zukommen ließ. Nur allzu gern machte er sich gleich daran, seinen eigenen Abschuss und die beiden von seinem Vater geköpften Monster einzutragen. So ein Buch war ein unschätzbares Nachschlagewerk für die späteren Generationen, erkannte er dessen Bedeutung sehr richtig. Zwischenzeitlich war der Mond aufgegangen und Chris´ Mutter kam die Treppe herunter. So hatte er sie noch nie gesehen. Ihre Haare hatte sie streng nach hinten aus dem Gesicht gekämmt und am Hinterkopf mit einer Lederschnur zusammengebunden. Ihr Gesicht war tarnfarben geschminkt und ihre Fingernägel waren schwarz lackiert. Sie trug derbe Wanderstiefel und einen alten, schweren, wollenen Rock, der auch schon bessere Zeiten gesehen hatte. Hübsch sah sie wirklich nicht aus und Chris bezweifelte, dass sein Vater sie so schon einmal gesehen hatte.

Hier irrte er doch gewaltig. Genau so, in dieser Aufmachung, hatte sein Vater sie vor vielen Jahren kennengelernt. Beide waren während einer Zombie-Jagd förmlich übereinander gestolpert, besser gesagt: zusammengeprallt. Seine Mutter war damals gerade auf ihrem Besen in feurigem Sinkflug vom Nachthimmel hinab unterwegs, um Anlauf für die nächste Attacke gegen einen Zombie zu holen, als sie knapp über dem Erdboden mit Erik kollidierte, der den gleichen Zombie im Visier hatte. Im Ergebnis machte der Zusammenprall zwischen den beiden einen solchen Lärm, dass auch der dümmste Untote mitbekommen musste, dass etwas nicht stimmte. Jedenfalls konnte dieser damals flüchten, ohne dass ihm etwas passiert war. Auf diese Art hatte sein Vater seine zukünftige Frau gefunden.

„Was schaust du so?“, fragte ihn seine Mutter, die gerade die Treppe herunterkam. Chris brachte vor Staunen den Mund nicht mehr zu, denn hinter seiner Mutter war gerade sein Vater aus dem Zimmer gekommen. Er sah fantastisch aus. Bekleidet war er mit einem schwarzen Umhang, eleganten schwarzen Lederschaftstiefeln, einer engen schwarzen Hose und er trug das Schwert auf dem Rücken, ähnlich wie ein Samurai-Kämpfer. „Können wir endlich?“, fragte er mit tiefer sonorer Stimme. Er erklärte, dass sie gemeinsam hinunter zum Fluss gehen sollten, genau an die Stelle, wo Chris zum ersten Mal mit seinem Onkel gejagt und dabei einem

Zombie in die Schulter geschossen hatte. Wo sich einer dieser Gesellen herumtreibt, sind bestimmt noch mehr, mutmaßte sein Vater.

Alles war still und ruhig, als sie gegen Mitternacht das Haus verließen. In den Häusern war nur dann und wann ein Licht zu sehen. Die meisten Menschen schliefen und ahnten nichts von dem, was um sie herum vorging. Chris war aufgeregt. Schnell waren sie am Flussufer angelangt. Wie beim letzten Mal, waberten Nebelschwaden von der Flussmitte über das Ufer. „Ich sehe mal nach, ob einer dieser dreckigen Gesellen unterwegs ist“, sprach Elvria, klemmte den Besenstiel zwischen die Beine und sauste lautlos steil in die Luft. Vater bemerkte das Erstaunen seines Sohnes. „Als ich deine Mutter kennenlernte“, erklärte er, „war sie die tollkühnste und schnellste Hexe in der ganzen Region. Niemand konnte es mit ihr aufnehmen. Sie war bei allen Jagden der ungekrönte Star“, erzählte sein Vater nicht ohne Stolz. „Erst als du geboren wurdest, hörte sie damit auf und wollte von alledem seither nichts mehr wissen, eben bis zu dem Zeitpunkt, als du wieder damit angefangen hast“, seufzte er etwas wehmütig.

Sie waren stehengeblieben, denn in dem dichten Herbstnebel konnten sie kaum etwas sehen. Ein leiser Luftzug ließ beide aufmerken. Nahezu lautlos schwebte die Mutter auf ihrem Besen zwischen den beiden zu Boden. „Ihr glaubt nicht, was ich gesehen habe“, begann sie atemlos mit ihrem Bericht. „Heute könnte es sich richtig lohnen!“. Aufgeregt erzählte sie, dass in etwa einem Kilometer Entfernung rund ein Dutzend Zombies auf dem Sportplatz Fußball spielen würden. Der Gestank der faulenden Leiber würde wie eine Glocke über der Sportanlage hängen. „Die haben mich nicht bemerkt“, meinte die Mutter, „allerdings sind es doch recht viele und es könnte gefährlich werden“. Trotz dieses Wagnisses hatte die drei das Jagdfieber gepackt. Vorsichtig pirschten sie sich immer näher ran, bis sie den Sportplatz sehen konnten. Tatsächlich, es war unglaublich, dort spielten zwölf Untote mit einem runden Gegenstand Fußball. Beim genaueren Hinsehen entpuppte sich der

„Ball“ als Totenschädel. Bestimmt hatten die Scheusale diesen aus irgendeinem Friedhof ausgegraben.

„Wie sollen wir angreifen?“, fragte Chris, dem es nun doch etwas mulmig wurde. Erik hatte eine Idee. Sein Sohn sollte mit der Schleuder dem am nächsten stehenden Zombie in den Kopf schießen. Die anderen würden sicherlich nicht gleich bemerken, was wirklich los ist. Gesagt, getan. Chris zielte genau und traf den im Tor stehenden Untoten direkt auf den Hinterkopf. Dumpf klatschte die Glaskugel auf dem Schädelknochen auf, durchschlug diesen und drang ins Hirn ein. Wie ein Stein fiel das Wesen aus der finsteren Zwischenwelt lautlos zu Boden, glühte kurz auf und verging zu Asche. Die anderen hatten in ihrem Spieleifer nicht bemerkt, dass einer von ihnen tödlich getroffen war und kickten einfach weiter. Das gab Chris die Möglichkeit, noch zwei weitere Bestien mit Kopfschuss zu erledigen. Als der dritte Untote plötzlich wegsackte, bekamen die verbleibenden Neun eine Ahnung, was geschehen war. Noch hatten sie ihre Gegner nicht erkannt, aber jeder von ihnen suchte im Nebel nach Deckung.

„Jetzt geht die Party richtig los", meinte Erik und zog das Schwert blank. Gemeinsam gingen sie auf die Rasenfläche, um im Nebel nach den übrigen Zombies zu suchen. Mutter Elvira lief nicht. Sie saß wieder auf dem Besen und war im Dunkel des Nachthimmels verschwunden. Plötzlich rannten zwei Untote aus einer Nebelwand heraus, parallel nebeneinander, auf Erik zu. Kaum wahrnehmbar vollführte dieser mit dem Schwert eine Halbkreisbewegung und trennte mit einem Hieb beiden Zombies den Kopf von den Schultern. „Echt geil!“, entfuhr es Chris bewundernd. „Das ist mir das letzte Mal vor zwanzig Jahren geglückt, dass ich so eine Dublette hingebracht habe“, meinte sein Vater, offenbar selbst überrascht über dieses schnelle Jagdglück. „Achtung!“, rief eine Stimme von oben, „Angreifer von rechts!“. Blitzschnell fuhr Chris herum, aber ein Untoter mit besonders hässlichem Gesicht war schon so weit heran, dass ein Schuss mit der Schleuder unmöglich erschien. Nur noch wenige Schritte trennten die beiden Kontrahenten. „Die Hornspitze einsetzen“, durchzuckte es den jungen Jäger. Blitzschnell zog er die kurze Waffe aus dem Lederholster an seiner Hüfte und rammte sie dem Ungeheuer direkt in den Hals. Die folgende Reaktion überraschte doch sehr, denn die Vorwärtsbewegung des Angreifers wurde abrupt gestoppt, der Körper begann steif zu zittern, die Arme lösten sich und fielen seitlich ab, bis nach wenigen Augenblicken die ganze Gestalt zu Staub zerfiel. „Aha, der Prozess des Verglühens wird durch diese Waffe wohl ausgesetzt“, dachte Chris sehr nüchtern und sachlich.

Noch während er in seinen Gedanken versunken war, tobte am Rande des Rasens ein wüster Kampf. Offenbar war seine Mutter zu tief geflogen und wurde gerade von einem dieser

Scheusale gepackt. Jetzt wurde auch die Funktion des dicken, wollenen Rockes offenbar. Dieser hing der Mutter nur noch in Fetzen am Körper. Hätte sie eine enge Hose getragen, wären ihr von den scharfen und spitzen Fingernägeln des Zombies die Beine aufgeschlitzt worden. So war nur der Wollstoff zerfetzt. Ein zweiter Untoter schaffte es, die taumelnde Mutter vom Besen zu stoßen, und wollte sie sich greifen. Mit Hilfe ständig gemurmelter Zaubersprüche konnte sie das stinkende Wesen jedoch gerade noch auf Distanz halten. Der andere Zombie versuchte, den Besen zu ergreifen, der jedoch ein Eigenleben entwickelt hatte und so schnell im Kreis herum flog, dass er nicht zu fassen war. Die Entfernung war sehr groß, aber Chris wagte den Schuss. Weit spannte er seine Schleuder und zielte im Mondschein auf die Gestalt hinter seiner Mutter. Das gläserne Geschoss legte eine Entfernung von über achtzig Meter zurück, bevor es dem Scheusal gegen die Schläfe krachte. Die Mutter war außer Gefahr, pfiff sofort nach ihrem rasenden Besen und konnte sich wieder in die Luft erheben. Während sie aus dem Augenwinkel sah, dass ihr Mann soeben die nächste Bestie um einen Kopf kürzer machte, registrierte sie, wie ein weiteres Monster sich von hinten an ihn heranschlich. Nur noch wenige Schritte trennten die beiden. Mit einem lauten Schrei riss die Mutter ihren Besen in vollem Flug herum und eilte ihrem Mann zu Hilfe. Dieser hatte die drohende Gefahr noch gar nicht erkannt. Erst als seine Frau auf dem Besen scharf bremste und mit diesem auf seiner Kopfhöhe einen Halbkreis beschrieb, sodass das Besenunterteil dem Zombie so heftig gegen den Kopf schlug, dass es diesen fast von den Schultern riss, erst dann erkannte er die direkt bevorstehende Gefahr. Das grauenhafte Wesen hatte keine Chance. Bewegungsunfähig durch den Schlag mit dem Besen drang ihm eine von Chris abgefeuerte Glaskugel in den Kopf, während das Schwert des Vaters Sekundenbruchteile später diesen vom Rumpf trennte. Das war es gewesen. Die anderen verbliebenen Untoten suchten ihr Heil in der Flucht.

Auch die drei Jäger hatten fürs erste genug. So war die erste „Familienjagd“ nicht geplant gewesen. Dass am Ende der Nacht neun dieser Gestalten endgültig ins Jenseits geschickt werden konnten, hätte keiner von ihnen zu Jagdbeginn gedacht. Schlimm jedoch, dass drei der Bestien flüchten konnten und bestimmt auf baldige Rache sannen. Erschöpft, aber zufrieden mit dem nächtlichen Ergebnis gingen die Jäger nach Hause. Jeder war von den Fähigkeiten des anderen mächtig beeindruckt.

Klein-Anne schlief ruhig und selig in ihrem Bettchen. Sie wusste noch nichts von den Aktivitäten ihrer Eltern und ihres Bruders. Der kommende Tag war ein Sonntag. Keine Schule, keine Arbeit, nur Zeit zum Ausschlafen und zur Erholung. Beides war nach dieser Nacht aber auch dringend notwendig.

Männerjagd mit Unterstützung

Die erste „Familienjagd“ beschäftigte Christian noch sehr lange. In den Tagen und Wochen darauf erzählte er seinem Onkel immer wieder den genauen Ablauf dieser Jagdnacht, so z.B., dass sein Vater mit einem Streich gleich zwei Untote erledigte, seine Mutter von einem Zombie beinahe von ihrem Besen gefetzt wurde und wie er selbst auf weite Entfernung den gezielten, rettenden Schuss abgegeben hatte. Ein gewisses Maß an Stolz konnte er nicht verhehlen. Sein Onkel unterstützte ihn in seiner Absicht, bald wieder gemeinsam auf die Jagd zu gehen.

Eines Abends, es war schon relativ spät; Chris wurde gerade von Papa ins Bett geschickt, klopfte es ans Fenster. Matthias stand draußen und hatte offenbar etwas ganz Wichtiges zu besprechen, weil er sofort darum bat, dass Chris noch nicht ins Bett, sondern an dem Gespräch teilnehmen solle. Elvira war darüber nicht besonders erfreut, denn da ihr Sohn morgen früh zur Schule musste, wollte sie sich dessen Gemaule, er wäre noch so müde, ersparen. Nun denn, häufig kam es ja nicht vor, dass der Onkel so spät noch zu Besuch vorbei kam. Es musste also ganz sicher um etwas Brisantes gehen. Draußen war es kalt und es regnete. Nass und durchgefroren kam er herein und nahm Platz. Das Angebot, einen Glühwein zu trinken, nahm er sehr gern an. Schnell wie immer kam Matthias dann zur Sache. „Ich brauche eure Hilfe“, so brachte er sein Anliegen mit einem Satz auf den Punkt. Dann erzählte er von seiner letzten Jagd auf einen Zombie. Vor wenigen Tagen, während der nächtlichen Wildsaujagd, erspähte er am Waldrand einen dieser untoten Gesellen. Die Wildschweine wurden augenblicklich zur Nebensache. Schon beim ersten Anblick, so erzählte Matthias, habe er bemerkt, dass sich sein Gegner rasend schnell bewegen konnte. Waren die bisherigen Bestien zwar durchaus auch agil, so bewegten sich diese im Vergleich zu dem Gesehenen lahm und träge. Kaum war er hier, war er auch schon wieder mehrere hundert Meter entfernt an einer anderen Stelle. Sein Onkel berichtete weiter, dass er sich am Waldrand auf einen alten

Baumstamm gesetzt hatte, sein Gewehr auf seinen Zielstock legte und wartete, bis der Zombie auf Schussweite herangekommen war. In etwa einhundertundfünfzig Meter Entfernung stand der Untote ganz ruhig auf einer Wiese. Er hatte nichts bemerkt. Der Mond war noch nicht voll aufgegangen, allerdings reichte, dank des starken Zielfernrohrs, das vorhandene Licht gerade noch aus. Ruhig stand das Fadenkreuz auf der Stirn des Monsters und genauso ruhig zog der Onkel den Abzug durch. Der Schussknall war ohrenbetäubend. Durch das Zielfernrohr war ganz genau zu sehen, wie es den Kopf des Scheusals nach hinten riss. Die Gestalt ging kurz in die Knie, stand auf und rannte mit langen Schritten weg. Kein Verglühen, kein Zerfallen zu Staub. Matthias verstand die Welt nicht mehr. Er war sich sicher, das Wesen direkt zwischen den Augen getroffen zu haben. Warum er es nicht ins Jenseits befördern konnte, war ein Rätsel. Nachdem er wieder zu Hause war, stöberte er in alten Büchern und Schriften. Schließlich wurde er fündig. In einem alten Hexenbuch wurde ein Untoter beschrieben, welchen vor langer Zeit ein Blitz getroffen hatte, gerade als er sich während eines heftigen Unwetters aus seinem Grab herauswühlen wollte. Durch die massive Einwirkung des Blitzschlages wurde der Zombie immer stärker. Der durch seinen Körper fließende Strom, hatte alle Muskeln und Sehnen so anschwellen lassen, dass Kraft, Schnelligkeit und Ausdauer besonders ausgeprägt wurden. Seine Fähigkeiten zu schwimmen, laufen und zu klettern steigerten sich ins Unermessliche. Im Laufe von fast zweihundert Jahren wurde er von verschiedenen Jägern mehrmals angeschossen. All diese Treffer lernte er, nach und nach, immer besser zu verdauen, bis ihm letztendlich kein Schuss mehr schaden konnte.

Für eine Enthauptungsaktion mit dem Schwert des Vaters sei er einfach zu schnell, erklärte Matthias seinen staunenden Zuhörern weiter. Es gab nur eine Möglichkeit, ihn zu töten. Ihm musste eine Silberkugel direkt ins Hirn geschossen werden. Nach dem Schuss sei der Untote für etwa drei Sekunden bewegungsunfähig. Während dieser Zeit müsste man ihm den Kopf abschlagen und einen Holzpflock in die Brust rammen. Blieb nur eine Tötungsmaßnahme aus, war eine vollständige Regeneration möglich. Als Matthias mit seinem Bericht geendet hatte, war es im Wohnzimmer totenstill. „Und wir sollen dir helfen, dieses Monstrum zur Strecke zu bringen", brach Elvira das Schweigen. Der Onkel schüttelte den Kopf und sagte trotzdem „Ja, ihr sollt mir helfen. Alle, außer du", erwiderte er seiner Schwester. „Du bist die Einzige von uns, die keine Waffe führt, sondern nur mit Besen und Zaubersprüchen auskommen muss. Es ist einfach zu gefährlich für dich". Bei diesen Worten hatte sich die Gesichtsfarbe seiner Schwester von rötlich-erregt auf bleichsuper-erregt gewechselt. Am liebsten hätte sie ihrem Bruder für diese Antwort die Augen ausgekratzt. Ruhig, aber mit einem gefährlichen Unterton fragte sie: „Habe ich das richtig verstanden, dass ich nicht mitjagen darf, aber mein Mann und mein Sohn sollen mit?" Ihr Bruder bejahte dies mit dem Hinweis, dass es ohnehin an der Zeit wäre, Chris in der Handhabung weiterer magischer Waffen auszubilden. Bei dieser Antwort bekam der junge Jäger ganz glasige Augen. Gleichzeitig erkannte er, dass es jetzt momentan besser wäre, den Mund zu halten, denn nun meldete sich sein Vater zu Wort. Er war ebenfalls der Meinung, dass es bestimmt keine schlechte Lösung sei, seinen Sohn in Begleitung zweier erfahrener und vor allem bewaffneter Zombie-Jäger zu dieser Jagd mitzunehmen. Leider waren auch dies die völlig falschen Worte. „Bin ich vielleicht nicht erfahren“, fauchte Elvira ihren Mann an. Sie war vor Zorn ganz grün im Gesicht, gleichzeitig wusste sie, dass die Entscheidung gegen ihre Teilnahme gefallen war. „Macht doch, was ihr wollt“, grollte sie kurz angebunden, „ich gehe zu Bett, für heute reicht es mir völlig!“, sprachs und ging. „Mein lieber Mann“, seufzte Matthias, „mit meiner Schwester ist manchmal wirklich nicht gut Kirschen essen, die ist ja so richtig sauer“. „Naja“, meinte Erik, „die kriegt sich auch wieder ein, das wird schon wieder“. Die drei „Männer“ vereinbarten noch, sich am nächsten Abend zu treffen. Es ging um die Abstimmung der weiteren, gemeinsamen Strategie, wie man den Zombie zur Strecke bringen wollte.

Am nächsten Abend saßen die drei in des Onkels Jagdhütte und beratschlagten ihre Vorgehensweise. Matthias wollte weiterhin sein Gewehr mit den Silberkugeln führen. Für Erik war, zusätzlich zum Schwert, noch der Revolver seines Schwagers vorgesehen. Mit diesem musste er aber noch üben, damit die geweihten Kugeln auch sicher ihr Ziel finden würden.

„Und was krieg ich?“, maulte Chris etwas unwillig, „nur mit Schleuder und Hornspitze bin ich wohl etwas unterbewaffnet“. Aber Erik hatte auch dafür eine Lösung. Ähnlich wie die japanischen Samurai, die zu ihrem langen, eleganten

Katana-Schwert auch noch ein kurzes, handliches Wakizashi-Schwert führen, hatte auch er noch einen „kleinen Bruder“ seines Langschwertes. Dieses Kurzschwert hatte einst einem äußerst blutrünstigen Vampir gehört, dessen Verhältnis zu einer Hexe ihm zum Verhängnis wurde. Eines Nachts, als der Vampir von seinem blutigen Feldzug zurückkam und in freudiger Erwartung auf etwas Ablenkung in die Hütte der Hexe kroch, war dort bereits ein Nebenbuhler. Dieser zog dem völlig überraschten Blutsauger das kurze Schwert aus der Scheide und schlug ihm damit den Kopf ab. Die Hexe behielt das Schwert so lange, bis sie eines Tages den Ururgroßvater von Erik traf und mit diesem ebenfalls ein Verhältnis begann. Dieser erkannte jedoch sehr schnell, um was für ein Hexen-Miststück es sich handelte. Bei einem Zweikampf auf Leben und Tod tötete er das treulose Weib und nahm das kurze Schwert an sich. Seit dieser Zeit wurde es von der einen an die nächste Generation weitergegeben. Dieses Kurzschwert sollte die Waffe für Chris werden. Von der Länge her war es ideal geeignet. Die Scheide, quer über den Rücken geschnallt, passte wie angegossen. Das eingeführte Schwert konnte er bequem mit einer Hand greifen und blitzschnell herausziehen. Soweit, so gut. Waffentechnisch war alles geklärt, fehlte nur noch das Training. An den folgenden Abenden trafen sich die drei auf einer abgelegenen Waldwiese im Jagdrevier des Onkels. Hier konnten sie ungestört üben. Matthias war mit seinem Gewehr ein schneller und sicherer Schütze. Weitere Übungen waren überflüssig. Recht geschickt stellte sich auch sein Schwager Erik an. Beim Schießen mit dem Revolver pfiffen die Kugeln zunächst überall hin, nur nicht ins Ziel. Nach einigen Stunden und mehreren hundert Schuss verschossener Munition gelang es aber immer besser. Bei gezielten Schüssen verfehlte kaum eine Patrone ihr Ziel. Nur beim schnellen Schuss aus der Hüfte war es doch mehr oder weniger vom Zufall abhängig, ob es ein Treffer wurde oder nicht.

Als wahrer Künstler beeindruckte Chris die beiden alten Herren mit seiner Waffe. Äußerst geschickt und furios ließ er das Kurzschwert kreisen, seine Hiebe und Stiche fanden von Beginn an ihr Ziel. Lässig konnte er die Waffe um die Daumenwurzel kreisen lassen, sodass sein Gegner niemals wissen konnte, aus welcher Richtung der vernichtende Schwertstreich kommen würde.

Während der letzten Trainingsnacht kam es auf der nahegelegenen Landstraße zu einem fürchterlichen Verkehrsunfall. Ein Auto war ohne ersichtlichen Grund ins Schleudern geraten und prallte gegen einen Baum. Drei der vier Insassen waren sofort tot, der vierte überlebte schwer verletzt. Dieser erzählte später, dass eine Gestalt parallel zum Auto gerannt sei. Obwohl die gefahrene Geschwindigkeit bei etwa einhundert Stundenkilometern gelegen hatte, schien es für die Gestalt ein leichtes gewesen zu sein, neben her zu laufen. Plötzlich habe der Unbekannte mit einem Fausthieb auf den Kotflügel des Fahrzeugs eingeschlagen, woraufhin der Fahrer die Kontrolle verlor und der folgenschwere Unfall seinen Lauf nahm. Selbstredend glaubte niemand den Schilderungen des Überlebenden. Zu abstrus und bizarr erschienen die Aussagen, als dass irgendjemand ihnen auch nur einen Funken Wahrheit beigemessen hätte.

Zumindest bei den drei Kämpfern plus Elvira herrschte Einigkeit darüber, was hier geschehen war. Dass das Ganze auf das Konto des nahezu unverwundbaren Zombies ging, lag auf der Hand. Es war allerhöchste Zeit, rasch und entschlossen zu handeln. Chris´ Mutter war noch immer sehr beleidigt, weil man sie von der Jagd ausgeschlossen hatte. Ihre Verärgerung darüber konnte und wollte sie nicht verbergen. Alle drei Männer hatten hier einiges zu ertragen. Dass sich Elvira hartnäckig weigerte, ihnen nach hartem Training etwas zu essen zu machen, war eigentlich das Schlimmste. „Nun denn“, meinten sie zueinander, „sie wird sich auch wieder einkriegen. Gehen wir eben in unsere Dorfwirtschaft und essen dort etwas“.

Am nächsten Abend ging es los. Kurz nach 21.00 Uhr machten sich die drei schwerbewaffnet auf den Weg. Sie vermuteten, dass der Untote am Waldrand nahe der Landstraße seinen bevorzugten Aufenthaltsort hatte. Als die drei von zu Hause abrückten, war die Mutter erstaunlich still – zu still. Sie schmollte zwar noch etwas, sagte sonst aber nichts. Die drei machten sich auf den Weg. Ihre Waffen verbargen sie unter ihrer Kleidung. Als sie die Straße hinuntergingen, kam der Nachbar entgegen. Er war offensichtlich etwas angetrunken und protzte mit seiner neuen Tätowierung auf dem Oberarm. Für all das hatten die Jäger jedoch kein Interesse. Sie ließen ihn einfach stehen. Diese Begebenheit war rasch vergessen, denn die drei näherten sich dem Waldrand. Obwohl der Wind immer wieder vereinzelte Wolken über den Nachthimmel jagte, war es eine helle Vollmondnacht. „Sssschttttt", zischte Erik, „da vorn steht etwas“ und zeigte dabei in nördliche Richtung. Tatsächlich, direkt auf der Wiese nahe am Waldrand, stand eine Gestalt. Durch das Fernglas bestätigte Onkel Matthias, dass es sich um die gesuchte Bestie handelte. Die drei pirschten bis auf etwa einhundert Meter an den Zombie heran. Näher ging es nicht. Zu groß war die Gefahr, dass er sie sonst entdecken würde. Ruhig hob Matthias das Gewehr an die Schulter. Das Fadenkreuz des Zielfernrohrs stand genau zwischen den blutunterlaufenen Augen, als er den Abzug betätigte. Treffer! Der Kopf des Ungeheuers flog zurück. Wie paralysiert stand dieses bewegungsunfähig auf der Wiese. „Lauf“, rief sein Onkel zu Erik, „erledige ihn!“. Diese Aufforderung war jedoch unnötig, denn der Vater jagte bereits mit weit ausholenden Schritten über die Wiese. Nur – beide hatten die Lage völlig falsch bewertet. Einhundert Meter sind für einen gezielten Schuss nicht sehr weit, allerdings zu weit, um diese Entfernung in drei Sekunden zu Fuß zurücklegen zu können. Das hatten sie nicht bedacht. Aber eben nur in dieser kurzen Zeit war die Bestie bewegungsunfähig. Als der Vater etwa ein Drittel der Strecke zurückgelegt hatte, ging ein Rucken und ein Zittern durch den Zombie. Noch zwei, drei unbeholfene, staksige Schritte, dann hatte er zu seiner alten Form gefunden. In Windeseile kletterte er den nächsten Hochspannungsmasten hoch und beobachtete von oben die Lage. Auch ohne Fernglas war im hellen Mondlicht deutlich die hasserfüllte Fratze zu sehen. Faul und stinkend wehte sein Atem den drei Jägern entgegen. Ein Angriff stand unmittelbar bevor. Wieder knallte des Onkels Büchse und wieder schlug das Silver-Tip-Geschoss in die Stirn des Monsters ein. Unglücklicherweise saß das Scheusal auf einer Querstrebe und hielt sich mit einer Hand fest. Bis der Zombie langsam nach hinten kippte und sich der Krampf in dessen Hand löste, verging wertvolle Zeit. Noch im Fallen kam er schlagartig wieder zu Kräften und auf den Füßen neben den drei Jägern zum Stehen. Jetzt wurde es richtig brenzlig. Ohne weitere Verzögerung stürmte das grauenhafte Wesen auf Matthias los. Dessen schnell dahingeworfener Schuss pfiff wirkungslos über die Schulter des Ungeheuers hinweg in den Wald. Mit einem Hieb schlug es dem Onkel das Gewehr aus der Hand. Der Schlag war so heftig, dass Matthias mehrere Meter weit ins Gras geschleudert wurde. Erik hatte zwischenzeitlich versucht, einen Treffer mit dem Revolver zu landen. Die Kugeln schlugen zwar in den Zombie-Körper ein, verfehlten jedoch das Gehirn und blieben somit wirkungslos. Nur Chris schien mehr Glück zu haben. Mit dem Kurzschwert gelang es ihm, den Hals des Untoten zur Hälfte abzutrennen. Dies führte jedoch nicht zu einer Verlangsamung dessen Aktivität. Mit einem wütenden Knurren drehte er sich um und fegte Chris sowie dessen Vater mit einem Handstreich von den Beinen. Onkel Matthias lag immer noch benommen im Gras und konnte nichts tun, als sich der Unmensch auf ihn stürzte, ihm den Kopf zur Seite bog, um mit seinen faulen Zähnen zuzubeißen. Nur Sekundenbruchteile trennten ihn von dem sicheren Tod, als sich plötzlich aus dem Nachthimmel eine Gestalt löste und mit einem gewaltigen Fußtritt, begleitet von einem lauten Kampfschrei, den Zombie von Matthias wegschleuderte. Rasch war der Untote wieder auf den Beinen um sich dem unbekannten Angreifer zu stellen. Noch bevor er etwas Genaueres erkennen konnte, erhielt er einen ungeheuren Schlag an den Kopf, sodass er heftig ins Straucheln geriet. Das Wesen aus dem Nachthimmel war niemand anderes als Chris´ Mutter Elvira, die es zu Hause nicht mehr ausgehalten hatte und auf dem Besen zum Ort der Jagd geeilt war. Aus sicherer Entfernung, von oben herab, hatte sie das Treiben der drei Jäger beobachtet. Sehr schnell erkannte sie, dass es mit diesem Zombie zu Schwierigkeiten kommen musste. Als die drei Kämpfer im Gras lagen, war ihre Zeit gekommen um einzugreifen. Das durch Elviras Tritt rückwärts taumelnde Stinktier erkannte zwar die herannahende Gefahr, konnte der extrem schnellen Hexe auf dem Besen allerdings nur wenig entgegensetzen. Ein kräftiger Stoß mit dem Besenstiel brachte den Untoten zu Fall. Dieser fiel genau auf eine Wurzel, deren Baum beim letzten Sturm umgedrückt worden war. Ein Holzsplitter ragte fast senkrecht aus der Wurzel heraus. Das spitz zulaufende Teil drang in den Rücken ein und durchbohrte das Zombie-Herz. Bewegungsunfähig blieb er liegen, während gleichzeitig Chris mit dem Kurzschwert ausholte und die Klinge in den Hals des Scheusals trieb. Noch bevor der Kopf von den Schultern fiel, hatte Erik einen gezielten Schuss aus dem Revolver abgefeuert und direkt das Hirn getroffen.

Die Erde schien plötzlich zu beben, der Nachthimmel verfinsterte sich noch mehr und der Wind peitschte auf. Gleichzeitig nahm die Temperatur in der Umgebung des Zombies merkbar ab. Es wurde eiskalt. Der Körper und der abgetrennte Kopf begannen zu glühen, bis alles mit einem lauten Knall zu Staub zerplatzte. Das war es mit dem gefürchteten Ungeheuer. Als sich der Onkel noch immer etwas benommen aus dem Gras aufrappelte, stand seine Schwester neben ihm. „Na ihr Helden“, höhnte sie, „euch kann man ja wirklich nichts allein machen lassen. Was würdet ihr nur ohne mich tun“, sagte sie lächelnd. „Wir hätten es auch so geschafft, wir hatten alles im Griff“, unkte Erik und nahm seine Frau lachend in den Arm. „Hast ja recht - was würden wir nur ohne dich tun?“, meinte er augenzwinkernd. Auch Chris konnte sich nicht zurückhalten und musste sein Senf dazugeben, „die Hexe im Haus ersetzt die Kavallerie“, anerkannte er die großartige Leistung seiner Mutter. „Du hast mir den Arsch gerettet“, knurrte Matthias und gleich darauf etwas dankbarer, „das hast du gut gemacht“.

„So, Jagd vorbei“, lachte die Mutter. „Unsere Kleine schläft hoffentlich tief und fest, während ich hier für euch den Affen machen muss. Und das nur, damit euch drei Großwildjägern auch ja nichts passiert. Ab nach Hause, ich habe etwas Leckeres gekocht. Ihr werdet Hunger haben nach so einer anstrengenden Arbeit, obwohl ich das Meiste erledigen musste“, feixte die Mutter in einer Tour. Recht hat sie, dachte jeder der drei Jungs. Hunger hatten sie trotz der Aufregung alle. Glücklich über den guten Ausgang der gefährlichen Jagd, machten sich die vier auf den Nachhauseweg.

Nächtlicher Besuch

Alle Gespräche in den nächsten Tagen drehten sich ausschließlich um die erlebte Jagd. Der Onkel kam fast täglich zu Besuch, um alles noch einmal im Detail zu besprechen. Dabei wurde auch mit Eigenkritik nicht gespart. Sei es, dass die Entfernung von rund einhundert Metern einfach zu weit gewesen war und man sich viel näher hätte heranpirschen sollen, oder die schlecht platzierten Revolverschüsse des Vaters. Viel Lob hingegen gab es für das beherzte Eingreifen der Mutter. Ohne sie wäre die Sache nicht so gut ausgegangen. Darin waren sich alle einig. Für Chris war es sehr bedauerlich, dass er das Erlebte niemanden weitererzählen durfte.

Kein Lehrer und kein Mitschüler hätten ihm diese abenteuerliche Geschichte geglaubt.

Was die vier Zombie-Jäger nicht ahnten, war, dass sich unter den verbliebenen Untoten die Sache wie ein Lauffeuer verbreitete. Dass der nahezu Unverwundbare zur Strecke gebracht worden war, schrie nach Rache. Nur, wie man sich rächen wollte, darüber herrschte Unklarheit. In einer mondlosen Nacht saßen etwa fünfzig dieser Gestalten der Nacht am Ufer des Flusses und beratschlagten, was zu tun sei. Drei von ihnen, so beschloss man, sollten sich zusammentun, um in einer ersten Aktion einen Teil der Familie auszulöschen. Man wollte gezielt abwarten, bis der Vater in der Nachtschicht war, um dann den Rest der Familie zu töten. Von all diesen Mordplänen ahnten Chris, seine Eltern oder Matthias nichts. Bei ihren folgenden nächtlichen Jagdzügen wunderten sie sich allerdings, dass kein einziger Zombie zu sehen war. Alle Jagden verliefen erfolglos. Es war wie verhext. Die Untoten schienen wie vom Erdboden verschluckt zu sein. Eines Nachts wurde die kleine Anne wach. Sie weinte zwar nicht, war jedoch so quengelig, dass auch ihre Mutter aufwachte und sie zu sich ins Bett holte. Alle Versuche, das Kind wieder zu beruhigen, schlugen fehl. Die Kleine wurde von Minute zu Minute unruhiger. Der Vater hatte bereits schon die zweite Woche Nachtschicht und würde erst am frühen Morgen wieder nach Hause kommen. Ein leiser Luftzug wehte durch das geklappte Fenster und sorgte für etwas Luftaustausch im Haus. Ganz zart stieg der Mutter ein vertrauter Geruch in die Nase. Erst nahm sie keine Notiz davon. Plötzlich lief es ihr eiskalt über den Rücken. Augenblicklich war sie hellwach. Der sanfte Geruch entwickelte sich zu einem beißenden, fauligen Gestank. Die Schlafzimmertür wurde mit einem lauten Knall nach innen aufgestoßen und drei Monster drangen in das Zimmer ein. Panisch griff die Mutter unter das Bett, um nach Eriks Schwert zu suchen. Dieses lag auf der anderen Seite, sodass sie es nicht zu fassen bekam. Schon war der erste Zombie über ihr und drückte ihren Kopf auf das Kissen. Laut schrie die Mutter nach ihrem Besen. Dieser reagierte sofort auf das Kommando seiner Herrin und sauste auf den Zombie zu. Für eine kurze Zeit war der Untote abgelenkt und lockerte seinen Griff um ihren Hals. Dieser Augenblick verschaffte Elvira soviel Luft und Platz, dass sie das Schwert greifen konnte. Noch auf dem Rücken liegend, umklammerte sie den Schwertgriff mit der einen Hand und mit der anderen die Schneide. So konnte sie dem Scheusal die Schwertklinge waagrecht ins Genick schlagen. Durch den Widerstand der Halswirbel zerschnitt sie sich an der umfassten Klinge die Finger ihrer rechten Hand. Ihr Hieb war allerdings so wuchtig, dass sie dadurch die Bestie enthauptete. Deren Kopf fiel auf ihr Gesicht, rollte zur Seite, glühte kurz auf und zerfiel wie der übrige Körper zu Staub. Aus dem Augenwinkel nahm sie wahr, wie sich der zweite Zombie mit einer kleinen Gestalt einen heftigen Kampf lieferte. Chris war wegen des Lärms wach geworden. Der faule Geruch warnte ihn sofort. Bewaffnet mit seinem Kurzschwert rannte er über den Flur ins elterliche Schlafzimmer. Während die Mutter mit einem der Ungeheuer rang, machten sich die beiden anderen an Anne zu schaffen und zogen sie aus dem Bett. Mit einem raschen Schwerthieb trennte Chris dem Nächststehenden einen Arm ab. Der Zombie war dadurch jedoch kaum zu stoppen und wandte sich seinem Gegner zu. Noch im Abducken gelang es dem jungen Jäger, das Schwert in einer kräftigen Halbkreisbewegung zu führen. Der Kopf des zweiten Monsters fiel herunter und rollte über den Boden, um sich danach in Staub aufzulösen. Der dritte Untote nutzte die Zeit, in denen seine beiden Artgenossen kämpften, um sich der kleinen Anne zu bemächtigen. Mit langen Schritten, das Kind unter dem Arm, jagte er die Treppe hinunter, sprang durch ein geschlossenes Fenster und verschwand in der Dunkelheit.

Der Zombie hatte Anne entführt!

Sowohl Chris, als auch seiner Mutter war sofort klar, was dahinter steckte. Die Unmenschen wollten die Kleine ganz sicher als Faustpfand dafür haben, um an die restlichen Mitglieder ihrer Familie heranzukommen. Es war fürchterlich. Der Gedanke daran, dass die unschuldige Anne in der Gewalt dieser Scheusale war, brachte sie an den Rand der Verzweiflung. Elvira und Chris ließen ihren Tränen freien Lauf. Der von der Arbeit herbeigeeilte Vater und Matthias saßen bei ihnen und suchten nach einer Lösung. Alle hofften, dass die Zombies die Kleine in Ruhe lassen würden, bis sie sich selbst gestellt hatten. Die Situation war fatal. Keiner der vier wusste, wo sich ihre Gegner versteckt hielten. Es dauerte recht lange, bis die Mutter ihre zerschnittenen Finger versorgt hatte. Die scharfe Schneide des Schwertes, mit welchem sie das stinkende Wesen getötet hatte, war tief in das Fleisch eingedrungen. Die verzweifelte Sorge um ihre entführte Tochter ließ Elvira den

Schmerz überhaupt nicht wahrnehmen. Die Wunden bluteten stark, waren allerdings nicht so tief, dass diese hätten von einem Arzt genäht werden müssen. Ein Glück, denn die Verletzung wäre dem Doktor im Krankenhaus nur sehr schwer zu erklären gewesen.

Ein lautes Klirren riss die vier aus ihrer Betäubung. Ein faustgroßer Stein flog durch die Fensterscheibe direkt ins Wohnzimmer. Erik und Matthias ergriffen ihre Waffen und eilten nach draußen. Dort war es totenstill. Nichts zu sehen. Unverrichteter Dinge gingen die zwei wieder ins Haus zurück. Dort sahen sie sich das Wurfgeschoss genauer an. Der Stein war mit einem Fetzen Papier umwickelt. Vorsichtig entfernten sie das Schriftstück. In krakeliger Schrift war eine Art Landkarte aufgezeichnet und in der Mitte eine bestimmte Stelle mit einem Kreuz markiert. Nach einigem Rätseln kamen sie zu dem Ergebnis, dass es sich bei dem Lageplan um ein kleines Wäldchen, nahe dem Fluss zwischen ihrem Dorf und dem nächsten Ort handeln musste. Auf dem Zettel waren zudem noch Datum und Uhrzeit vermerkt. Ganz offensichtlich war dies der Zeitpunkt, wo die Konfrontation mit den Untoten stattfinden sollte. Ein aufgezeichnetes Schwert war durchgestrichen, was wohl bedeutete, dass sie unbewaffnet zu erscheinen hatten. Der Zeitpunkt für den „Showdown" war auf die nächste Nacht terminiert. Dies hieß, dass Anne noch mindestens vierundzwanzig Stunden in der Gewalt der Zombies bleiben würde, bis an eine mögliche Befreiung überhaupt zu denken war. Bei Tageslicht eine Suchaktion zu starten, hatte keinen Wert, denn tagsüber hielten sich die Gestalten der Nacht unauffindbar verborgen. Die restliche Nacht zog sich unendlich lange dahin. Wut, Verzweiflung und die Sorge um die kleine Anne machten sich immer mehr breit. Als der Morgen graute, ergriff Onkel Matthias die Initiative. Er machte sich auf, die Örtlichkeit der kommenden Nacht genau zu inspizieren. Erik versorgte erneut die Schnittwunden an der Hand seiner Frau und Chris sollte noch einige Stunden schlafen. Er sah aus, als wäre er in der letzten Nacht um Jahre älter geworden.

In einer kleinen Höhle lag Anne. Die Untoten hatten sie dort abgelegt und versteckt. Sie hatte großen Hunger und Durst. Aus ihrem anfänglichen Schreien war nur noch ein leises Wimmern geworden. Das Kind war völlig erschöpft. Trotz des Hungers schlief Anne später ein. Glücklicherweise war es in der Höhle nicht kalt, nur die Feuchtigkeit war sehr unangenehm. Von den Zombies war nichts zu sehen. Die Kleine war völlig allein und ahnte nicht, dass ihr Onkel Matthias zur gleichen Zeit nur wenige Meter von ihr entfernt war. Hätte sie geschrien, hätte er sie ohne Schwierigkeiten gefunden. Matthias stand am Rande des Wäldchens und checkte das Gelände. Die dämonischen Wesen hatten den Platz taktisch hervorragend gewählt. Außer einem einzelnen Baum gab es keinen Strauch oder Busch, den man hätte als Deckung nutzen können. Es würde nichts anderes übrig bleiben, als auf die gestellten Forderungen einzugehen und sich unbewaffnet und damit zugleich schutzlos dem Gegner auszuliefern.

Die Zeit bis zur nächsten Nacht war für alle ganz schlimm. Niemand wusste, ob es der Kleinen gut ging und sie noch unversehrt war. Als die Nacht hereinbrach, machten sich die vier auf und begaben sich zu der im Lageplan aufgezeichneten Örtlichkeit. Alles war still. Der Mond warf sein diffuses Licht auf das Wiesenstück am Waldrand. Unbewaffnet gingen sie in einer Linie nebeneinander auf das Wäldchen zu. Plötzlich krachte und knackte es. Erschrocken blieben sie stehen und erwarteten den Angriff. Das wütende Schnauben kam immer näher bis…ein mächtiges Wildschwein aus dem Unterholz brach und im Schweinsgalopp an den vieren vorbei rannte. Wieder ein lautes Knacken. Diesmal lauter und an verschiedenen Stellen im Wald. Die Untoten kamen!

In breiter Front traten sie aus dem Wald heraus. Es mussten mindestens an die fünfzig sein. Einer von ihnen hielt sich im Hintergrund. Unter dem Arm trug er ein kleines Bündel. Elvira erkannte sofort das Bettzeug ihrer Tochter. Ganz offensichtlich hatte das Scheusal große Mühe, das Bündel zu halten. Anne zappelte heftig, gab jedoch keinen Laut von sich. Ganz langsam kam die Monster-Armee auf die vier Unbewaffneten zu. Die Bestien waren sich ihrer Sache sicher. Geifer troff aus ihren stinkenden, faulenden Mäulern. Einer unter ihnen konnte sich kaum noch zurückhalten. Er schäumte vor Wut, als er aus nur einem Auge zu Chris sah. In seiner Schulter war ein faustgroßes Loch. Man konnte sogar hindurch sehen. Chris erkannte ihn sofort. Ihm hatte er bei seiner ersten Jagd in Begleitung seines Onkels mit der Schleuder eine Glaskugel in die Schulter geschossen. Der Schuss war zwar nicht tödlich gewesen, hatte aber immerhin bewirkt, dass der Zombie seinen Arm nicht mehr gebrauchen konnte. Langsam begannen die Gestalten die vier Jäger einzukreisen. Nur noch wenige Meter waren sie entfernt. Das Ende schien besiegelt zu sein. Leise murmelte die Mutter einen Zauberspruch. Hinter dem einzeln stehenden Baum im Hintergrund löste sich etwas, was zunächst nicht zu erkennen war. Dieses Etwas war Elviras Hexenbesen, der nun pfeilschnell zu seiner Herrin heran flog. Der Besen war gut präpariert, denn am Stiel waren Matthias´ Gewehr, das Lang- und Kurzschwert, Chris´ Schleuder und der Beutel mit den Glaskugeln festgeschnallt. Das Besenstielende war spitz zugefeilt. Noch ehe die schrecklichen Dämone begriffen, was geschah, hatten die Jäger ihre Waffen in den Händen, während die Mutter mit einem Satz auf ihren vorbeirasenden Besen sprang. Noch im Springen dirigierte sie den Besenstiel so, dass die Spitze genau auf die Stirn eines Untoten zeigte.

Knirschend bohrte sich das Holz in dessen Kopf. Ein kurzes Aufglühen, der magische Besenstiel entfaltete seine Wirkung und machte dem Zombie endgültig den Garaus. Mit wütendem Gebrüll ging der Rest der Meute auf die vier Jäger los. Gleichzeitig bellte des Onkels Büchse auf. Die schnell hintereinander aufblitzenden Mündungsfeuer machten für wenige Augenblicke die Szenerie taghell. Des Vaters und Chris´ Schwerter sah man im Halbkreis schwingen. Die trägen Ungeheuer hatten keine Chance. Obwohl sie in der Übermacht waren, fiel ein Kopf nach dem anderen zu Boden, glühte kurz auf und zerfiel wie die übrige Gestalt zu Staub. Kurz war zu erkennen, dass die Mutter mit ihrem spitzen Besenstiel gleichzeitig zwei

Köpfe durchbohrte. Sie hatte auf ihrem Besen eine solche Fahrt drauf, dass der Stiel aus einem Schädel austrat und den danebenstehenden Zombiekopf ebenfalls vollständig durchstieß. Urplötzlich war es still und der Platz leer, außer den zahlreichen Aschehäufchen. Durch sein Zielfernrohr hatte der Onkel das Monster im Visier, das immer noch im Hintergrund stand und die kleine Anne bei sich hatte. Es hielt sie so vor sich, dass an einen Schuss nicht zu denken war. Die Gefahr, dass die Kleine getroffen wurde, war einfach zu groß. Langsam zog sich der Untote rückwärts in Richtung des Waldes zurück. Nur noch wenige Meter, dann würde er im Dunkel der Bäume mit Anne verschwunden sein. Plötzlich knirschte es. Der Zombie riss überrascht beide Augen weit auf, als ihm seitlich die Glaskugel ins Hirn eindrang. Chris hatte sich herangepirscht und auf kurze Entfernung seine Schleuder sprechen lassen. Langsam und kraftlos ließ der Sterbende sein Bündel los und Anne glitt sanft zu Boden, während gleichzeitig die in Weihwasser getränkte Glaskugel ihre vernichtende Wirkung entfaltete. Ein kurzes Aufglühen, das war es gewesen. Der Kampf war vorbei. Chris fing seine, aus dem Arm des fast toten Zombies herausrutschende Schwester auf und rannte mit ihr rasch zu seinen Mitstreitern.

Kein Ende in Sicht

Nein, es konnte ihr gar nicht schnell genug gehen. Hungrig und durstig stopfte Anne alles in sich hinein, was sie von ihrer Mutter gereicht bekam. Am liebsten hätte Anne ihr vierundzwanzigstündiges Defizit an Essen und Trinken mit Keksen und Schokomilch aufgeholt. Aber nur Kekse zu essen, ist nun auch nicht unbedingt das einzig Wahre für ein ausgehungertes Kind. Aber diese Situation war auch eine Ausnahme.

Nachdem die fünf glücklich nach Hause zurückgekehrt waren, wurde die Kleine erst einmal ausgiebig geherzt, gedrückt und liebkost. Nur ganz langsam wich die Anspannung von allen. Zu heftig waren die Erlebnisse der letzten achtundvierzig Stunden gewesen. Anne war das Essen wichtiger als alles andere. Es schien, als hätte sie von ihrer Entführung kaum etwas mitbekommen. Es ging ihr gut und sie war unversehrt. Außer einem kleinen Schnupfen durch das Liegen in der feuchten Höhle hatte sie nichts abbekommen. Ihr Bruder Chris war völlig platt. Müde und zerschunden lag er auf der Wohnzimmercouch und dachte über das Erlebte nach. „War das alles noch normal? Bin ich noch normal?“, dachte er sich. Bis zum Morgen saßen sie beieinander und feierten ihren Sieg. Dass ihre Kleine entführt worden und in der Gewalt der Untoten war, steckte jedem noch mächtig in den Knochen. Irgendwann siegte jedoch die Müdigkeit. Der Onkel ging nach Hause und alle legten sich schlafen.

Lange Zeit geschah nichts. Matthias widmete sich wieder intensiver seiner Wildschweinjagd, von Zombies war nichts mehr zu sehen. Selbst in den Vollmondnächten konnte Chris wieder gut schlafen. Die Wochen und Monate zogen dahin. Er war weiterhin ein guter Schüler und Anne entwickelte sich prächtig. Krabbeln konnte sie schon ganz hervorragend und auch das Laufen probierte sie immer öfters. Immer häufiger dachte die Mutter an den Schwur ihrer Männer, mit dem Zombiejagen aufzuhören, sobald die Kleine richtig laufen kann. Zu ihrem zweiten Geburtstag bekam sie von dem Onkel eine Kehrschaufel, einen kleinen Eimer und einen Kehrbesen geschenkt. „Damit du deiner Mutter beim Putzen auch ordentlich helfen kannst“, scherzte der Onkel mit seiner Nichte. Spät am Abend waren alle Geburtstagsgäste gegangen. Die Mutter war in der Küche und räumte gerade auf, als aus dem Wohnzimmer ein fürchterlicher Lärm zu hören war. Es klang, als ob alle Poltergeister der Welt sich dort eingefunden hätten und ihr Unwesen trieben. Gleichzeitig hörte die Mutter ihre Tochter laut schreien. Der Schrei klang irgendwie anders als sonst, fast schon fröhlich. Als sie ins Wohnzimmer stürzte, um nach dem Rechten zu sehen, sah sie keine Anne. Aus der Ecke, aber aus Richtung der Decke, kamen glucksende Laute. Die Mutter blickte nach oben und was sie sah, ließ ihr das Blut in den Adern gefrieren. Auf dem Stiel des Spielzeugbesens saß ihre Tochter, schwebte frei in der Luft und lachte zu ihrer Mutter herunter.

Ausbildung zur Hexe

Die Jahre gingen ins Land. Christian war inzwischen erwachsen geworden und vollauf mit seinem Studium als Tierarzt beschäftigt. Anne hatte sich zu einem hübschen Teenager entwickelt und besuchte die Oberstufe des Gymnasiums. Wie schon ihrem Bruder, fiel auch ihr das Lernen leicht. Die beiden Geschwister hatten nach wie vor ein inniges Verhältnis zueinander. Nach der letzten Jagd vor vielen Jahren hatte Chris mit seinen Eltern und dem Onkel noch einige Male versucht, den Untoten auf den Leib zu rücken, aber ohne Erfolg. Von den Wesen der Zwischenwelt war weit und breit nichts mehr zu sehen. Es kam auch nicht mehr zu mysteriösen Todesfällen, für die die Nachtgestalten in Frage gekommen wären. Im Laufe der Zeit räumte erst die Mutter ihren Hexenbesen auf den Speicher, später folgten, gut verpackt und eingeölt, die Schwerter von Chris und seinem Vater. Auch Anne war seither nicht mehr auf ihrem Kinderbesen geritten. Es schien, als ob sie ihr Können einfach vergessen hätte. Überhaupt wurde über die ganzen Themen Zombies, Jagd, Hexen und Vampire nicht gesprochen. Die alte Schleuder und einige Glaskugeln lagen aber immer noch griffbereit in Chris´ Zimmer.

An einem kalten Winterabend war Anne auf dem Nachhauseweg. Wie ihr Bruder, ging sie seit Jahren zweimal in der Woche zum Karateunterricht. An diesem Abend hatte sie im Training mehreren Jungs im Freikampf ordentlich die Leviten gelesen. Ihre Fußtritte und Fauststöße kamen äußerst präzise und blitzschnell. Die Treffer am Körper ihrer Gegner konnte man in Form von blauen Flecken noch Tage später nahezu einzeln abzählen. Ihre Lieblingstechnik war ein sehr hoch ausgeführter Mawa-ashi-Geri-Chodan, ein Halbkreisfußstoß zum Kopf des Gegners. Auch an diesem Abend hatte sie mit ihrem Fuß einige heftige Wangentreffer anbringen können. Auch wenn Anne versuchte, die Stärke ihrer Fußstöße zu dosieren, so waren manche Treffer in puncto Härte mehr als grenzwertig. Immer wieder kam die Ermahnung ihres Trainers, etwas verhaltener und sanfter zu kämpfen. Gleichwohl war ihr Sensei durchaus stolz auf seine talentierte Schülerin.

Der Schnee auf den Straßen dämpfte ihre Schritte und alle anderen Geräusche. Es war ein unangenehmes Wetter, nur wenige Autos und noch weniger Fußgänger waren unterwegs. Aus dem Augenwinkel nahm Anne plötzlich einen Schatten in einem Vorgarten wahr. Irgendjemand machte sich dort an dem Hühnerstall zu schaffen. Deutlich war das panische Gackern der Hühner zu hören. Im Schutz eines geparkten Autos beobachtete sie die Szenerie. Eine große zerlumpte Gestalt die ganz übel stank, holte ein Huhn nach dem anderen aus dem Stall, biss ihm den Kopf ab und warf den Körper achtlos in den Schnee. Als Anne die grausigen Details sah, nahm sie die Beine in die Hand und rannte angewidert davon. Daheim angekommen erzählte sie atemlos, was sie gesehen hatte. Als sie mit ihrer Schilderung fertig war, herrschte gespenstische Stille. Keiner sagte etwas. Verwundert über so viel Gleichgültigkeit, zuckte Anne nur mit den Schultern und räumte ihre Sportsachen weg. Sollten die anderen doch glauben, dass sie fantasierte. Sie wusste jedenfalls, was sie gesehen hatte. Wie auf Kommando erhoben sich Chris und ihr Vater und gingen den Speicher hinauf, offenbar um etwas zu suchen. Die Mutter machte das Abendbrot fertig und telefonierte gleich darauf mit ihrem Bruder, der nach wenigen Minuten schon an der Haustür klingelte. Zeitgleich kamen Chris und Erik mit zwei verpackten länglichen Paketen wieder vom Speicher herunter. Es war ein schweigsames Abendessen. Anne spürte ganz genau, dass etwas in der Luft lag. Es war schließlich die Mutter, die das Schweigen brach und Anne die ganze Familiengeschichte erzählte.

Ungläubiges Schweigen.

Anne konnte es nicht fassen, dass in ihren Adern Hexen- und Vampirblut fließen sollte. Langsam kehrten bruchstückhaft Erinnerungen an ihre Kindheit zurück und sie begriff, weshalb sie bis ins Teenageralter den kleinen Spielzeugbesen in ihrem Zimmer aufbewahrt hatte und sich von diesem nicht zu trennen vermochte. Immer wieder hatte sie den Besen in die

Hand genommen, ihn gedreht und gestreichelt, ohne die tiefere Bedeutung zu erahnen.

Stürmisches Klingeln an der Haustür ließ Anne zusammenzucken und alle Gespräche verstummen. Wer konnte das noch sein? Der Vater öffnete. In der Tür stand der Nachbar, aufgeregt und zornig. Er habe das Autos des Onkels gesehen und sei deshalb gleich gekommen, schrie er mit sich fast überschlagender Stimme. Ein Marder, so vermutete er, sei in seinen Hühnerstall eingedrungen, habe dort allen Tieren den Kopf abgebissen und diesen offenbar gefressen. Der Onkel solle nun seiner Pflicht als Jäger nachkommen und den vierbeinigen Räuber endlich erlegen. Nach kurzer Diskussion versprach der Onkel, dass er sich um dieses Problem kümmern werde. Als der Nachbar, wütend vor sich hinbrummelnd, gegangen war, ging Anne zu ihrer Mutter in die Küche und erzählte ihr von all den seltsamen Träumen, aus denen sie sich bisher keinen Reim machen konnte. In ihren nächtlichen Fantasien hatte sie immer wieder Gräber und sonderbare Gestalten gesehen. Angst machte ihr das nicht, vielmehr kam in ihr so etwas wie eine gespannte Erregung auf. Noch während Anne erzählte, wurde ihr bewusst, dass sie sich die Erklärung für ihre Träume nun selbst gegeben hatte. Als Tochter einer Hexe und eines Vampirs war ihre weitere Bestimmung offenbar klar definiert. Zwischenzeitlich hatten ihr Bruder und der Vater die Pakete ausgepackt. Beide hielten Schwerter in der

Hand und die Art, wie sie diese hielten, machte Anne schnell bewusst, dass die beiden mit diesen Waffen sehr vertraut sein mussten. Es war ihr Bruder, der den Versuch unternahm, seine Schwester davon zu überzeugen, dass er, sein Vater und Matthias sich dem neu aufgetauchten Zombieproblem annehmen würden. Die Frauen sollten zu Hause bleiben. Annes Gesicht verfinsterte sich. Gleich einer Furie begann sie zu fauchen und zu zetern: „Elender Macho. Komm mir bloß nicht so. Ihr Helden, was fällt euch ein, zu glauben, nur weil ihr Männer seid, dürften Frauen nicht mit auf die Jagd“, keifte sie weiter. Erneut holte sie Luft, um den perplexen Männern weitere Unfreundlichkeiten an den Kopf zu werfen. Da meldete sich die Mutter zu Wort und meinte ruhig, aber mit unmissverständlich-gefährlich-selbstbewusstem Unterton, dass sich selbstverständlich a l l e Familienmitglieder an der Jagd beteiligen werden. Den Männern war klar, dass jegliche weitere Diskussion sinnlos sein würde. Nun, dann soll es eben so sein. Die fünf einigten sich darauf, dass die Jagd aber erst dann beginnen sollte, wenn Anne von der Mutter vollständig als Hexe ausgebildet worden war. Damit waren alle einverstanden. Der Onkel, der sich während des ganzen Streites völlig herausgehalten hatte, meinte nur zu seiner Schwester: „Gut, dass ich mit dir nicht verheiratet sein muss“, lächelte, nahm sie in den Arm und drückte sie.

Besenreiten und das Lernen von Zaubersprüchen standen ab sofort auf Annes Stundenplan. Jeden Tag nach Beendigung der Hausaufgaben sollte geübt und gelernt werden. Noch nie zuvor war sie so schnell mit ihren Schulaufgaben fertig. Das Auswendiglernen der Hexensprüche fiel ihr leicht, was noch fehlte, war ein eigener, richtiger Hexenbesen. Die Mutter wusste, was zu tun war. Zuerst machten sich beide auf die Suche nach einem geeigneten Besenstiel. Es musste ein dicker gerader Haselnussstock sein, der auf geweihtem Boden gewachsen war. Auf dem Friedhof des Nachbarortes wurden sie fündig. In der hereinbrechenden Dämmerung machten sie sich an dem Stock zu schaffen. Sorgsam sägten die beiden diesen mit einer kleinen mitgebrachten Säge ab. Niemand war zu dieser Zeit auf dem Friedhof und so konnten sie ihr Vorhaben ungesehen erledigen. Auch einige dicke, lange Zweige nahmen sie mit. Diese sollten das untere Ende des Besens bilden. Daheim angekommen, befreiten sie die Äste sorgsam von den Blättern. Mit einer langen Schnur wollte Anne die Zweige an dem Stock befestigen. „So läuft das nicht“, warf die Mutter ein. „Der Besen muss ein Teil von dir werden. Du brauchst so viel von deinen Haaren, bis du damit alles fest an den Besenstiel binden kannst“. Das gefiel Anne nun überhaupt nicht. Dass sie ihre schönen langen Haare abschneiden sollte, war ein Graus. Aber was muss, das muss, dachte sie, es könnte schlimmer sein.

Sorgfältig ließ sie sich von der Mutter die längsten Haare dicht am Kopf abschneiden. Immer nur einzelne Strähnen, so fiel der Haarschnitt kaum auf. Nachdem sie ein ganzes Bündel von Haaren zusammenhatten, flochten beide vorsichtig daraus eine lange Schnur. Mit dieser banden und zurrten sie die Zweige so fest, dass diese nicht mehr vom Stiel rutschen konnten. „So, das war´s“, frohlockte Anne, „der Besen ist fertig“. „Naja“, wandte die Mutter ein, „noch nicht so ganz“. „Was denn noch?“, fragte Anne leicht nervig. „Es fehlt das Wichtigste“, entgegnete die Mutter. „Der Besen muss ein Teil von dir werden und dazu brauchen wir Blut – dein Blut“. Anne wurde blass. „Mein Blut?“, fragte sie leise, „und wie?“.

Die Mutter erklärte ihr, dass sie von jedem ihrer Finger und von jedem ihrer Fußzehen jeweils zehn Blutstropfen auf den Stiel träufeln sollte, um ihn danach vollständig damit einzureiben. Anna rechnete kurz nach. „Na toll, zweihundert Tropfen Blut soll ich hergeben. Ganz schön viel für so ein bisschen Besen“, rief sie mit leicht panischer Stimme, „soll ich mir vielleicht in die Finger und Zehen schneiden?“. Beruhigend sagte ihre Mutter, dass ein Schneiden nicht notwendig sei, eine Nadel würde es auch tun. Mit Grauen machte sich Anne an die Arbeit. Bei den ersten Stichen ging sie gar zu zaghaft ans Werk, denn außer ein oder zwei Tropfen Blut kam nichts aus den kleinen Pieksen heraus. Bei den Fingern der zweiten Hand ging sie schon beherzter ran. Sie konnte den Schmerz soweit aushalten. Tropfen um Tropfen quoll aus den Stichen heraus und fiel auf den Besenstiel. Schwieriger wurde es mit den Fußzehen, denn die waren äußerst empfindlich. Nach einer Stunde war es geschafft und sie konnte den Besenstiel mit ihrem Blut einreiben. „Jetzt“, freute sich die Mutter, „jetzt ist der Besen ein Teil von dir“.

Noch in der gleichen Nacht sollte das Besentraining beginnen, mitten auf einem alten Sportplatz und ohne Beisein des Bruders und des Vaters. Auf die blöden Kommentare der beiden konnten die zwei Hexen nämlich gut verzichten. Die Nacht war mondlos und man konnte fast nicht die Hand vor Augen sehen. Das war auch gut so. Während die auswendig gelernten Hexensprüche ganz locker über Anne´s Lippen kamen, klappte die Sache mit dem Besenreiten überhaupt nicht. Bei den ersten Versuchen, aufzusitzen, bockte dieser wie ein wildes Pferd. Es dauerte keine Sekunde und Anne lag schon wieder daneben. Wütend und voller Zorn sprang sie erneut auf den Besen auf, schlang die Beine fest um den Stiel, klammerte sich richtig fest und ab ging der Ritt. Ein wilder Mustang war im Vergleich zu dem sich wild gebärdenden Fluggerät nur ein lahmer Esel. Kreuz und quer ging es in etwa fünf Meter Höhe über den Sportplatz. Die Landung war hart. Ganz abrupt war der Besen auf der Stelle stehengeblieben und Anne landete im Dreck. Ihre

Kleidung war zerrissen und ihre Haare hingen wirr durcheinander. „Scheiße“, rief Anne laut in die Nacht, „ich dachte, wenn das blöde Ding ein Teil von mir ist, dass es mir dann auch gehorcht, der Besen macht ja gerade was er will“. Die Mutter beruhigte sie. Erst müsse er eben wie ein junges Pferd zugeritten werden. Wenn das gelungen sei, wäre er seiner Herrin für immer treu ergeben. Also gut. Anne probierte es nochmals. Trotz Annes Schwierigkeiten hatte die Mutter schon zu Beginn der Flug- und Reitversuche deutlich das Talent ihrer Tochter erkannt. Es würde nicht mehr lange dauern und das Hexenflugzeug würde ihr –bildlich gesehen- förmlich aus der Hand fressen. Plötzlich ging alles wie von selbst. In rasanter Fahrt flog Anne quer über den Sportplatz. Die Geschwindigkeit war atemberaubend. Eigentlich sollte man langsam mal bremsen, dachte die Mutter so bei sich, aber das geschah auch schon. Bevor der Besen samt seiner Reiterin ins Netz des Fußballtores krachte, legte er eine Vollbremsung hin. Wobei nur der Besen gebremst hatte. Anne konnte sich nicht mehr halten und flog in hohem Bogen direkt ins Fußballnetz. Es krachte furchtbar, als sie in die Maschen flog. Um ein Haar wäre das Netz durchgerissen, es hielt gerade noch so. Jeder einzelne Knochen tat ihr weh. Mühsam rappelte sich Anne auf. Ihr Besen schwebte etwa einen Meter von ihr entfernt, knapp über dem Boden in der Luft. Schneller als er reagieren konnte, fing er sich einen derben Tritt von seiner Herrin ein. „Drecksstück elendes, dir zeige ich es noch“, schrie sie ihr Fluggerät an, welches durch den Tritt ins Netz flog und sich dort verhedderte. Anne half ihm, wieder frei zu kommen. Ein letztes Mal wollte sie es heute Nacht noch einmal probieren. Ein kurzer Sprung und sie saß auf dem Stiel. Ab ging der Ritt. Alles klappte. Der Besen reagierte auf jede noch so kleine Bewegung ihrer Arme oder Beine. Es schien fast, als würde er die Gedanken seiner Herrin erahnen, noch bevor sie mit den eigentlichen Lenkbewegungen begonnen hatte. Fasziniert sah die Mutter vom Boden aus, dem Treiben ihrer Tochter zu. Ja, jetzt hatte sie es voll drauf. Noch während sie den beiden begeistert zusah, nahm sie aus dem

Augenwinkel eine Gestalt wahr, die kurz aus den Nebelschwaden am Rande des Sportplatzes auftauchte und sofort wieder verschwand. Augenblicklich stank es nach Verwesung. Anne hatte zwar nichts gesehen, aber ihre empfindliche Nase nahm den Geruch von Fäulnis wahr. Sanft landete sie neben ihrer Mutter. „War da einer?“, fragte sie atemlos. „Ja“, entgegnete ihre Mum. „Der ist aber schon wieder weg“, fügte sie hinzu. „Na prima“, freute sich Anne, „dem Stinker werden wir schon noch auf den Pelz rücken“. Die beiden Frauen beschlossen, noch gemeinsam einige Trainingsrunden zu drehen. Die Mutter war schlichtweg begeistert vom überragenden Flugtalent ihrer Tochter. Der Besen gehorchte ihr aufs Wort. Furios und waghalsig waren die raschen Drehungen und Wendungen, die Anne da vollzog. Mit einem leichten Anflug von Neid musste die Mutter sich eingestehen, dass das Talent ihrer Tochter ihr eigenes in den Schatten stellte. Obwohl sie früher unter all den anderen Hexen stets die Schnellste und Mutigste gewesen war, war jetzt ihr Töchterchen doch noch einen Tick besser. „Auf nach Hause“, rief die Mutter ihr zu und in stürmischem Flug ging es zurück. „Hey, ihr da unten“, rief Anne fröhlich von oben herab, als sie im Garten ihren Vater und ihren Bruder erkannte. Beide übten gerade mit ihren Schwertern. Übermütig flog sie noch einen Looping und landete...genau im Wasserfass. Die beiden Männer brüllten vor Lachen auf und halfen ihr dann, rückwärts aus dem vollen Wasserfass herauszukommen. Triefnass stand die junge Hexennovizin da und wusste nicht, ob sie auch lachen oder heulen sollte. Als die Mutter vom Himmel herabschwebte, lachte diese auch. „Trotz allem sollte man sich doch noch etwas festhalten, sonst wird es blöd“, frotzelte sie. Da lachte Anne auch. Klatschnass und überglücklich, dass das Besenreiten doch noch so prima geklappt hatte ging sie ins Haus. In dieser Nacht waren alle noch lange wach, um den Geschichten von Annes ersten Besenritten zuzuhören. Am nächsten Morgen kam der Vater mit frischen Brötchen vom Bäcker zurück und machte ein finsteres Gesicht. Er hatte erfahren, dass in der vergangenen Nacht ein Angler im Fluss ertrunken sei. Merkwürdig war, dass er mit einer Menge Angelschnur um den Hals aufgefunden wurde. Es war für alle Dorfbewohner unerklärlich, außer für die vier Zombie-Jäger. Für sie gab es keinen Zweifel, was da geschehen war. Es musste der Zombie gewesen sein, welchen die Mutter in der letzten Nacht am Rande des Sportplatzes gesehen hatte. Er war mit Sicherheit für den Tod des unschuldigen Menschen verantwortlich. Mit der Jagd auf den Untoten wollte man aber warten, bis der Onkel von seinem Jagdurlaub aus Rumänien zurückgekehrt war. Diesmal hatte er es auf einen Bären abgesehen. Den Abschuss hatte sich der Onkel schon lange gewünscht und sie wünschten ihm sehr, dass sich seine jagdlichen Hoffnungen erfüllen würden. Am nächsten Tag wurde erneut von einer ertrunkenen Person berichtet. Diesmal war es kein Angler, sondern ein Mann, der am Abend noch zu einem Spaziergang aufgebrochen war. Irgendwie, so mutmaßte man, musste er vom Weg abgekommen sein und landete schließlich im Fluss, wo er ertrank. Dies konnte jedoch niemand verstehen. Der Mann war weder betrunken noch gebrechlich. Vielmehr war er als ausgezeichneter, konditionell hervorragender Schwimmer bekannt. Das Wasser war sein Element. Dass es ihm jetzt zum Verhängnis geworden sein sollte, konnte keiner so recht glauben.

Glücklicherweise sind die drei Wochen Urlaub des Onkels morgen vorbei, dachten die vier

Zombie-Jäger. Dann könnte man gemeinsam mit der Jagd loslegen. Der Onkel kam am nächsten Tag aus Rumänien zurück. Mit dem Bärenabschuss, so erzählte er den vier Daheimgebliebenen, hatte es wieder einmal nicht geklappt, trotzdem war die Jagd überaus erfolgreich. In dem Dorfgasthof, von welchem aus er zu seinen täglichen Pirschgängen startete, wurde ihm jeden Abend berichtet, dass ein bösartiger Vampir das Dorf heimsuchte. Nicht nur das Vieh wurde zahlenmäßig immer wieder dezimiert, auch Menschen wurden von ihm angegriffen und zum Teil schwer verletzt. Der Onkel, der aus einer uralten Hexendynastie stammte, wusste nur zu genau, dass ein Vampir, welcher sich auf die dunkle Seite der Macht geschlagen hatte und mit den Menschen sein Unwesen trieb, nur auf eine einzige Art und Weise zu stoppen war. Aber er selbst war auf der Bärenjagd und hatte nun wirklich nicht vor, in seinem Urlaub auch noch auf Vampirjagd zu gehen. Eines Nachts lag er bereits in tiefem Schlaf. Der Tag war anstrengend gewesen, denn er war viele Stunden auf der Suche nach einem Bären durch den Wald gepirscht. Als er dann am Abend im Gasthaus noch gut gegessen und einige Gläser des schweren Rotweines getrunken hatte, fiel er todmüde und erschöpft ins Bett. Mitten in der Nacht ließ ihn ein Geräusch wach werden. Seine Instinkte waren durch die vielen Jahre der Jagd äußerst ausgeprägt. Rasch trat er vor die Tür, als auch schon ein markerschütternder Schrei durch das dunkle Gasthaus drang. Der Schrei klang nach einer jungen Frau in höchster Todesangst. Sofort griff der Onkel nach seinem Gewehr, das auch bei der Jagd auf Wild mit Silver-Tip-Geschossen bestückt war. Der Gastwirt trat zusammen mit seiner Frau ebenfalls auf den dunklen Gang. Im Schein einer Kerze deutete er auf eine Zimmertür und flüsterte nur: „Toochttäär". Natürlich, so durchfuhr es den Onkel, der Schrei stammte von der jungen und hübschen Tochter des Hauses. Mit wenigen Schritten war er an der Tür. Von drinnen war nichts zu hören. Matthias trat einen Schritt zurück, holte Schwung und riss mit einem gewaltigen Fußtritt das Türschloss aus der Verankerung. Die Tür flog auf. Drinnen stand ein riesenhafter Vampir und hielt auf beiden Armen die offenbar bewusstlose Tochter des Hauses. Als der Blutsauger seinen Feind erkannte, ließ er das halbnackte Mädchen achtlos zu Boden fallen, um sich auf seinen Widersacher zu stürzen. Die Sache war schnell erledigt. Der Onkel hatte sein Gewehr bereits erhoben und die Silberkugel drang direkt ins Herz des Vampirs. Kein Aufschrei, kein Zucken, nur ungläubiges Staunen, dass es so schnell vorbei war. Vom Kopf beginnend bis zu den Füßen zerfiel der Finsterling in Sekundenbruchteilen zu Staub. Von alledem hatten die Wirtsleute nichts gesehen, denn sie standen die ganze Zeit verängstigt in der hintersten Ecke des Flures. Rasch war der Onkel bei der bewusstlosen jungen Frau. Sie war unverletzt und erwachte gerade aus ihrer Ohnmacht. Als sie das Gesicht des Onkels sah, lächelte sie. Zwischenzeitlich waren auch ihre Eltern ins Zimmer getreten, sahen das kleine Staubhäufchen und wussten, was geschehen war. Erleichtert nahmen sie ihre Tochter in die Arme. Während der nächsten Tage fiel für Matthias die Jagd aus. Immer wieder kamen die Dorfbewohner ins Gasthaus, um ihm dafür zu danken, dass er sie von dem Tyrannen erlöst hatte. Statt zu jagen, suchte der Jäger beharrlich nach dem Unterschlupf des Vampirs. Tief im Wald, nahe an einem kleinen Bach, fand er eine verfallene Blockhütte. In dieser hatte der Blutsauger offenbar gehaust. Rasch durchsuchte er den kleinen Innenraum.

Alte zerlumpte Kleidung, einige alte Bücher, ein Schrank, zwei Betten, ein langer Dolch und....ein funkelndes, glänzendes Langschwert fand der Onkel vor. Wenn er schon keinen Bären erlegen konnte, dann wollte er wenigstens den Besitz des Vampirs an sich nehmen. Das Langschwert hatte der Onkel jetzt mitgebracht. Besonders Chris bewunderte die lange, scharfe Klinge sowie den mit viel Perlmutt und Goldfäden verzierten Griff. „Eine tolle Waffe“, meinte er und wollte das Schwert seinem Onkel zurückgeben. „Nein, das behältst du“, entgegnete dieser, „ich habe es für dich mitgebracht. Du bist für das Kurzschwert längst viel zu groß geworden. Dieses hier, dürfte für dich genau richtig sein“. Chris war sprachlos über dieses wertvolle Geschenk. „Und für unsere kleine Leseratte habe ich auch etwas“, lachte der Onkel und übergab Anne zwei der alten, kostbaren Bücher. „Vielleicht hast du ja mal Zeit und Muße, in den alten Schinken etwas herumzuschmökern“, meinte er. Auch Anne war mit ihrem Geschenk mehr als zufrieden. Sie hatte erwartet, dass der Onkel mit einem Bärenfell aus dem Urlaub zurückkehren würde und nicht mit Geschenken für sie beide.

Anne´s Jagdfieber

Der angenehme Teil der Unterhaltung war schnell vorbei, als der Vater über die Geschehnisse der letzten Tage berichtete. Sie waren sich einig, dass schnellstmöglich dem Untoten der Garaus gemacht werden musste, um weiteres Unheil zu verhindern.

Bereits in der nächsten Nacht sollte es losgehen. Eine Stunde nach Sonnenuntergang wollte man sich an der Schleuse treffen. Irgendwo im Bereich des Flussufers, so vermuteten die fünf Jäger, musste der Zombie seinen Lieblingsplatz haben.

Anne war furchtbar aufgeregt und konnte es kaum erwarten, bis es endlich dunkel wurde. Die anderen waren etwas ruhiger und entspannter. Logisch - sie hatten ja im Gegensatz zu ihr schon mehrfach Zombies bejagt. Trotzdem konnten auch sie eine leichte Anspannung und ein Kribbeln im Bauch nicht verhehlen. Am Abend richteten sie sich. Ganz der alten Tradition folgend, zog die Mutter wieder ihren, zwischenzeitlich mehrfach genähten, schweren, wollenen Rock an und schminkte sich das Gesicht tarnfarben. Anne zog es vor, sich im Stil einer englischen Jäger-Lady zu kleiden. Ein enges Jackett, eine enganliegende Hose und hohe Schaftstiefel, so hergerichtet hätte sie ohne weiteres als Star bei einer englischen Fuchsjagd hoch zu Ross teilnehmen können. Die zwei Männer hatten sich zweckmäßig mit derben Schuhen, Jeans-Hosen und alten Jacken bekleidet. Auf ihren Rücken trugen sie in der Art der japanischen Samurai ihre Schwerter. Der Onkel würde mit Sicherheit in seiner üblichen Jagdkleidung erscheinen. Er hatte noch nie etwas anderes getragen. Wenige Minuten vor der vereinbarten Zeit trafen sich die fünf. Anne wurde gewaltig vom aufkommenden Jagdfieber geschüttelt. Sie konnte es fast nicht mehr abwarten. Ihre Nervosität übertrug sich auch auf ihren Besen. Dieser bebte vor Erregung. Es war ihm deutlich anzumerken, dass er endlich mit der Jagd beginnen wollte. In einer Linie schritten sie nebeneinander am Vorland des Flusses los. Sie gingen langsam und vorsichtig, denn sie wollten keine unangenehmen Überraschungen erleben. Nach etwa einer Stunde sahen sie ihn. Anne war die erste, die das Scheusal in der Dunkelheit ausmachen konnte. Jetzt ging alles ganz schnell. Mit einem lauten Schrei schlug sie ihre Hacken seitlich gegen den Besen, sodass dieser einen Sprung nach vorn machte und losraste. Anne war nicht mehr zu halten. In feuriger Fahrt und mit lautem Gebrüll flog sie auf den Untoten zu. Jede Vorsicht war vergessen, der Jagdtrieb war einfach zu groß. Die Mutter setzte sofort hinterher, konnte ihre zu schnelle Tochter aber nicht einholen. Als Anne die Bestie nur noch wenige Meter vor sich sah, schleuderte sie ihr einen Zauberspruch entgegen. Ziel war es, den Zombie zu paralysieren, damit ihm einer der Männer mit dem Schwert gefahrlos den Kopf abschlagen konnte. Ob es das Jagdfieber war oder die Aufregung, ließ sich nicht mehr sagen. Tatsache war, dass Anne den falschen Spruch gewählt hatte. Dieser machte ihren Gegner noch wesentlich schneller und agiler. Blitzschnell war der Untote heran und riss sie vom Besen herunter. Hilflos am Boden liegend, war sie den Attacken des Monsters ausgesetzt. Gegen dessen Kraft hatte sie keine Chance. Ihr Besen, der etwa einen Meter über dem Boden schwebte, spürte, dass seine Herrin in Gefahr war und griff an. Der Untote hatte wegen des falschen Zauberspruches allerdings so viel Energie und Schnelligkeit erlangt, dass er dessen Angriffen mühelos ausweichen konnte. Als es der Bestie gelang, sich die hilflose Anne über die Schulter zu werfen, stellte der Besen alle weiteren Angriffe sofort ein. In keinem Fall wollte er seine Herrin, deren Blut und Haare ihn erst zum Leben erweckt hatten, möglicherweise verletzen. Mit der zappelnden Anne über der Schulter, versuchte der Zombie zu flüchten. Jetzt kam auch die Mutter angeflogen und warf sich von ihrem Besen aus auf den Flüchtenden. Durch die Wucht des Aufpralls fielen die drei auf die Wiese. Plötzlich nahmen sie ganz kurz einen Schatten wahr, der über ihnen schwebte. Das so kurz abgelenkte Scheusal lockerte etwas seinen Griff um Annes Handgelenk, sodass es ihr gelang, sich aus den Klauen zu befreien. Ihre Mutter sprach schnell und sicher eine Zauberformel und der Untote lag regungslos im Gras. Chris war schon heran und ließ das neue

Schwert sprechen. Ohne spürbaren Widerstand drang die Klinge durch den Zombie-Hals bis ins Erdreich hinein und trennte den Kopf vom Rumpf. Anne hatte so etwas noch nie gesehen und beobachtete fasziniert, was geschah. Eine gespenstische Stille trat ein. Endlich waren auch ihr Vater und ihr Onkel zum Schauplatz des Kampfes gelangt. „Das war's", keuchte der Onkel noch völlig außer Atem. Noch bevor Erik richtig Luft holen konnte, fauchte die Mutter los: „Geht's noch, Anne!? Das hätte ganz anders ausgehen können. Was glaubst du, was die Bestie mit dir angestellt hätte, wäre ich nicht so schnell dagewesen?". Zerknirscht senkte Anne den Kopf. Jedes weitere Wort war überflüssig. Sie wusste, dass sie sich unnötig in Lebensgefahr begeben hatte. Am meisten wurmte sie, dass sie den falschen Zauberspruch gebraucht hatte. Ihr Onkel brach das betretene Schweigen und fragte, ob jemand noch weitere Zombies gesehen habe. Dies wurde verneint. Da meldete sich die Mutter zu Wort. „Ist euch auch der Schatten über uns aufgefallen, als wir am Boden lagen?", fragte sie in die Runde. Während die drei Männer den Kopf schüttelten, erinnerte sich Anne wieder. „Stimmt", sagte sie, „da war etwas, aber ich konnte nichts genaues erkennen. Vielleicht eine Eule, die auf der Jagd war". „Das glaube ich nicht", entgegnete die Mutter „aber ich konnte auch nichts weiteres sehen, es ging alles zu schnell". „Also gut", meinte der Vater, „das scheint es für heute Nacht gewesen zu sein. Lasst uns nach Hause gehen. Genug gejagt.“

Auf Leben und Tod

Ein grässlicher Mord erschütterte das kleine Dorf. Ein Wachmann, der in der Nacht zu überprüfen hatte, ob alle Türen der Ladengeschäfte ordentlich verschlossen waren, wurde in einer unbelebten Seitenstraße am Morgen tot aufgefunden. Die Leiche sah fürchterlich aus. Der Hals und der Brustbereich waren völlig zerfetzt. Der Mann hatte soviel Blut verloren, dass sich am Auffindeort riesige Lachen gebildet hatten. Die Meldung von dem Leichenfund ließ die fünf Jäger aufhorchen. Bisher hatten die Zombies immer nur für schwere Unfälle gesorgt oder waren über Nachtangler hergefallen. Das hier war neu.

Sollten ein oder mehrere Zombies jetzt förmlich in einen Blutrausch geraten sein? Man wusste sich kein Reim darauf zu machen. Sicherlich bestand die Möglichkeit, dass in den Reihen der Dorfbewohner ein psychopathischer Mörder unterwegs war, aber so recht wollte man daran nicht glauben. Ein Detail, welches langsam im Dorf bekannt wurde, ließ die Jäger aufmerken. Am Hals, so besagte das Gerücht, seien zwei tiefe, parallel verlaufende Risswunden zu sehen gewesen. Es wurde gemunkelt, dass ein wildernder Hund für den Tod des Wachmannes verantwortlich sei. Bei Matthias und Erik keimte ein Verdacht auf. Zwei parallel verlaufende tiefe „Risswunden“, die man auch als „Bisswunden“ bezeichnen könnte – das war ein Indiz für die

Tat eines Vampirs. Aber seit Jahrhunderten hatte es in dieser Gegend keine Vampire mehr gegeben. Noch während die fünf am Tisch im Wohnzimmer saßen, berichteten Anne und ihre Mutter nochmals von dem großen Schatten, den sie während des Kampfes mit dem Zombie wahrgenommen hatten. Sollte sich der Vampir-Verdacht bewahrheiten? Ein metallisch klingender Schlag gegen die Fensterscheibe ließ sie zusammenzucken. Der Vater ging hinaus, um nachzuschauen. Er kam mit einem kleinen messingfarbenen Gegenstand zurück. Es war die Hülse einer Gewehrpatrone. Matthias besah sich diese und stellte fest, dass es die gleiche Art von Munition war, die er selbst zur Jagd benutzte. Seltsam, wer warf zu nächtlicher Stunde mit einer Patronenhülse gegen das Fenster? Noch während sie grübelten, schepperte es erneut am Fenster. Diesmal gingen alle nach draußen, um nachzusehen. Auf dem Boden lag eine Seifenschale aus Edelstahl. Der Onkel erkannte diese sofort. Es war die Schale, die er immer in seinem Waschbeutel hatte. Seit der Nacht, als er in Rumänien die Tochter des Gastwirtes vor den Klauen des Vampirs gerettet hatte, vermisste er sie. Wie Schuppen fiel es ihm von den Augen. Er erinnerte sich noch gut daran, wie er die Blockhütte des Blutsaugers im Wald durchsucht hatte. Damals standen in der Hütte zwei Betten. Er hatte dieser Beobachtung keine weitere Bedeutung beigemessen, jetzt aber wurde es ihm klar. Da hatten zwei dieser Nachtgestalten gewohnt und ganz offensichtlich war ihm der zweite bis hierher gefolgt, um seinen Genossen zu rächen. Außerdem musste dieser Vampir im Gasthaus und in seinem Zimmer gewesen sein und hatte dort Seifenschale und Patronenhülse an sich genommen. Die große, dunkle Gestalt, welche die beiden Frauen gesehen hatten, der zerfetzte Wachmann und die beiden gegen das Fenster geworfenen Hinweise ließen nur einen Schluss zu. Der zweite Vampir war der Komplize des von dem Onkel in Rumänien getöteten Blutsaugers und dieser wollte nun den Tod seines Freundes rächen. „Ich bin das Ziel", sagte der Onkel leise. „Ich muss mich ihm stellen, bevor weitere Unschuldige dafür büßen müssen“. Matthias trat aus dem Zimmer hinaus auf die Terrasse. „Morgen um Mitternacht, am Hintereingang des alten Friedhofes, an der Nordseite!“, schrie er in den Nachthimmel. Er hoffte, dass sein Gegner noch in der Nähe war und die Botschaft hörte. Trotz allen Versuchen ihn umzustimmen, blieb Matthias bei seinem Vorsatz, dem Untoten allein gegenübertreten zu wollen. Eine Unterstützung der anderen vier lehnte er kategorisch ab. Resigniert akzeptierten diese die Entscheidung. Am nächsten Abend saß Matthias bei den vier Jägern im Wohnzimmer. Man wollte gemeinsam warten. Etwa eine halbe Stunde vor Mitternacht stand der Onkel auf und machte sich fertig. Außer dem Gewehr, lud er noch sehr sorgfältig seinen Revolver mit sechs Silberkugeln. Er wollte gewappnet sein. Die Kirchturmuhr schlug genau das zwölfte Mal, als er das alte, quietschende Friedhofstor öffnete. Noch war nichts zu sehen oder zu spüren. Ein leises Knacken hinter einem alten, wuchtigen Grabstein ließ ihn herumfahren. Da – wieder dieses leise Knacken, höchstens zehn Meter von ihm entfernt. Langsam zog er den Revolver aus dem Holster. Es klickte metallisch, als er den Schlaghahn der Waffe spannte. Wiederum war das Geräusch ganz deutlich zu hören. Gleich müsste der Blutsauger hinter dem Grabstein auftauchen. Der Räuber trat hinter dem Stein hervor. Obwohl die Nerven des Onkels bis zum Zerreißen gespannt waren, blieb der Schuss im Lauf. Beinahe hätte er abgedrückt. Wenige Meter vor ihm stand zwar auch ein nächtlicher Räuber, aber ein vierbeiniger, mit Pelz bekleidet. Ein kapitaler Steinmarder schlich sich davon. Er hatte nichts bemerkt und war völlig ahnungslos, wie knapp er dem Tode entronnen war. Schweiß tropfte Matthias von der Stirn. Plötzlich ein kalter Luftzug. Er spürte nur noch eine Schuhsohle mitten im Gesicht und fiel heftig nach hinten. Der Aufprall war hart. Beinahe hätte ihm der Tritt den Unterkiefer gebrochen. Sein Gewehr war ihm seitlich heruntergerutscht und lag in der Erde eines frischen Grabes. Ein brutaler Fußstoß in die Seite ließ ihn herumrollen. Sein Revolver wurde ihm dabei aus der Hand geschleudert und lag einige Meter entfernt auf dem mit Kies bestreuten Weg. Wieder ein Tritt an den Kopf, brachte Matthias an den Rand der Bewusstlosigkeit. Der Blutsauger stürzte sich jetzt auf ihn und drückte ihm mit beiden Händen die Kehle zu. Mit dem Mut der Verzweiflung wehrte sich der Onkel mit aller Kraft. Sein Hemd zerriss. Plötzlich zuckte der Vampir zurück und hielt sich die rechte Hand, aus deren Innenseite ein kleines Rauchwölkchen aufstieg. Das aufgerissene Hemd hatte das kleine, silberne Kreuz freigelegt, welches Matthias an einer Kette um den Hals trug. Daran hatte sich die Bestie die Hand verbrannt. Diesen kurzen Moment nutzte der Onkel, um sich herumzurollen und den auf seinem Brustkorb sitzenden Gegner abzuwerfen. Der Vampir lag nun genau neben ihm. Die

Kampfpause währte nur kurz. Sehr schnell hatte der Angreifer den Schmerz überwunden und sein Opfer erneut an Hals und Kopf gepackt. Nur noch wenige Zentimeter waren die spitzen Eckzähne von der Halsschlagader des Jägers entfernt. Fest ineinander verkrallt, rollten die beiden zwischen zwei frisch ausgehobenen Gräbern hin und her. In der aufgeschütteten Erde bekam der Onkel plötzlich einen faustgroßen Stein zu fassen. Diesen schlug er krachend gegen den Kopf des Vampirs. Vor Schmerz aufbrüllend, lockerte der Blutsauger seinen stählernen Griff am Hals des Onkels. Matthias gelang es dadurch, sein rechtes Bein anzuziehen und damit den Vampir von sich wegzustoßen. Wo war nur der verdammte Revolver? Im

Mondlicht sah er die silberfarbene Waffe auf dem Weg liegen. Mit einem Hechtsprung gelang es ihm, diese zu fassen. Der Blutsauger hatte sich an der Hose des Onkels verkrallt. Mit weit aufgerissenem Maul wollte er gerade seine Zähne in Matthias´ Oberschenkelvene schlagen. Ein Schuss knallte. Es war ein großes Risiko, jetzt zu schießen, denn die Gefahr, das eigene Bein zu treffen, war groß. Der Kopf des Vampirs wurde zur Seite geschleudert. Matthias hatte getroffen. Leider ging der Schuss nicht in den Kopf seines Gegners, der damit erledigt gewesen wäre, statt dessen schlug ihm das Revolvergeschoss die obere Zahnreihe samt den Vampirzähnen aus dem Mund. Ein bestialischer Schrei gellte durch die Nacht. Seiner

Zähne beraubt, zog der Blutsauger ein Messer aus dem Schaft des Stiefels, holte aus und ließ die Klinge auf den Onkel niedersausen. Ein zweiter Schuss fand sein Ziel. Das Projektil drang genau zwischen die Augen des Vampirs und tötete diesen schlagartig. Der Treffer konnte jedoch nicht verhindern, dass das niedersausende Messer dem Onkel eine klaffende Wunde seitlich an den Rippen zufügte.

Entgegen aller Absprachen hatten es die vier, die eigentlich daheim auf den Ausgang des Kampfes hatten warten sollen, nicht mehr ausgehalten. Als sie sich dem Friedhof näherten, waren die Kampfgeräusche deutlich zu hören. Kurz bevor sie den Schauplatz des Geschehens erreichten, hörten sie kurz hintereinander zwei Schüsse und bekamen nur noch mit, wie der Vampir zu Staub zerfiel. Schwer atmend lag Matthias am Boden und rang nach Luft. Elvira machte sich gleich an die Versorgung der Wunde an den Rippen ihres Bruders. „Glück gehabt“, sagte sie erleichtert, als sie sich die Wunde besah. „Einmal ins Fleisch rein und seitlich wieder raus. Schmerzhaft, aber nicht schlimm“, fügte sie erleichtert hinzu. „Danke für dein übergroßes Mitgefühl“, stöhnte Matthias vor Schmerz. „Das war knapp“, schaltete sich jetzt auch Erik ein, „das hätte richtig blöd werden können“. „Würdet ihr mir vielleicht helfen, aufzustehen“, forderte der Onkel die Umherstehenden auf. „Ich glaube, mir steht der Sinn nach einem sehr gut eingeschenkten Drink“. Seine Stimme zitterte noch vor Anstrengung. Der Rest der Nacht ging schnell vorbei. Nachdem seine Schwester die Wunde mehrfach gereinigt und versorgt und Matthias sich einige große Schlucke Whiskey einverleibt hatte, schlief er auf der Couch ein.

Die Verletzung heilte schnell. Nach wenigen Wochen waren nur noch zwei dunkelrote Narben zu sehen: Andenken an einen mörderisch gefährlichen Kampf.

Draußen blieb es während der folgenden Vollmondphasen sehr still. Zombies oder andere Wesen der Nacht waren weder zu spüren noch zu sehen. Ob jetzt endgültig die Jagd vorbei war, wusste niemand.